화곡(華谷) 김찬수(金燦洙) 시집(詩集)

유월의 하늘을 쳐다보며

明文堂

시집(詩集)을 내면서

　문학수업을 제대로 받지 않은 사람이 아주 늦게 서야 시를 쓴다고 하니 알로 돌을 치는 격이라, 저로서는 모든 님들에게 참으로 송구할 따름입니다.

　저를 문학의 길로 이끌어 주신 분들께서 말씀하시기를, 글이란 세상을 살아가는 사람이 자신이 체험하고 느낀 모든 것을 그대로 문자 기호 사용의 힘을 빌려 사실 그대로 진솔하게 표현한 것이다. 그것이 곧 글이다. 이렇게 저를 일깨우시며 말씀해 주셨습니다.

　바로 시인이시며 수필가이신 김용진 선생님과 김두수 선생님이십니다. 아마도 용기 없는 저에게 힘을 실어 주기 위한 사랑의 말씀이라고 생각했습니다.

　2002년 정년을 일 년 앞두고 교직생활을 정리한 저는 지금까지 살아왔던 일을 되돌아보는 상념에 잡혔습니다. 평소에 글다운 글을 쓰기보다는 공무 수행 상 필요한 몇 줄의 문장 작성에 얽매었을 뿐, 봄철이 되어도 건너편 산기슭에 분홍색 꽃이 한밭 자락 가득하게 핀 복숭아밭의 아름다운 정경에 감탄만 했을 뿐이지 그 감탄의 마음을 글로 나타내지 못하였던 저이었습니다. 참으로 안타까운 지난날이었습니다.

그런데 교직을 떠난 지가 한참 되는 어느 날 저는 용기 있게 글을 쓰려는 제 자신을 발견하였습니다.

바로 노년의 우리 부부의 첫정, 제가 사랑하는 일곱 살 된 손녀 딸의 백일잔칫날 하루 전이었습니다. 그 손녀딸에게 할아버지의 글 한 줄을 남겨주고 싶었습니다. 그가 잉태되고 출생하고 백일 될 때까지의 일어난 이야기들이 너무도 소중해서 그것을 놓치지 않으려고 이제껏 보고 듣고 느낀 모든 것을 사실 그대로 천천히 적어 보았습니다.

첫 번째 글이 "윤서의 세상보기" 이었습니다. 바로 손녀딸의 이름이 윤서입니다.

그러나 아무리 생각대로 글을 쓴다고 하여도 한계가 있음을 깨달았습니다. 러시아 문호 톨스토이가 일흔이 넘어 라틴어 공부를 처음 시작했다는 글을 읽은 적이 있습니다. 제가 이제 용기를 내어 이제껏 그것도 정년 뒤에 습작한 글을 모아서 이렇게 내놓게 되었습니다. 북돋우려는 마음가짐으로 여생을 온고이지신 하는 자세로 제 자신을 다시 가다듬어 보고자 해서입니다.

평소 제 생각은 교단에서 교직의 사명감을 다하는, 다시 말하여 꿈나무들을 잘 가르친다는 정신자세를 이

어가자는 마음을 지녔고, 나아가서 태어난 내 나라를
더욱 사랑하며 무엇보다도 보잘 것 없는 저를 이 아름
다운 세상에 내보내 주신 창조주께 찬미와 영광을 되
돌려 드리자는 평상심을 지니고 있는 저입니다.

  이런 마음가짐으로 존경하는 이웃님들의 말씀을 새
겨들으며 생동감 주는 글을 더 열심히 써 보고자 합니
다. 다시 말씀 드립니다만 이번 소품은 그저 부끄러울
뿐입니다. 모든 이들이 따듯한 마음으로 편달해 주시
기를 앙청합니다.

  이 시집을 내는데 크게 배려해 주신 명문당 출판사의
김동구(金東求) 사장님께 머리 숙여 감사한 말씀을 올
리며, 또한 책의 구성 등 편집과정에서 심혈을 기울이
신 양승웅(梁承雄) 부장님과 이명숙(李明淑)님에게 깊
은 감사의 말씀을 올립니다.

2010년 3월 1일 소양강변에서
화곡(華谷) 김 찬 수(金燦洙).

1부 유월의 하늘을 쳐다보며

7부 윤서(允瑞)의 세상보기

1부

유월의 하늘을 쳐다보며

유월의 하늘을 쳐다보며

신록이 진초록으로 옷 바꾸어 입으니
계절의 여왕은 저만치서 자애로웁고
이 땅에 서린 님들의 미쁘신 호국 기상은
처처에서 의연(毅然)히도 빛 되신다

산하의 연년은 계절 따라 흐르나
그 근본은 어김이 없고
심으신 곳곳의 의로움은
님들의 조국을 지켜져 내린다

어드메서 진리의 축이 희롱 당하는가
지니긴 소중한 세월 아롱짐이 저렇게 뜨거운데
못 보던 잡스럼이 돌개바람 타고 휘젓기만 할 건가

6월에 기리는 호국의 님들이시어!
풍전등화 지키심에 서슴없이 내 놓으신 소중한 넋은
흐르는 한가람 속에 안겨 식지 않는 마음 되시니
새벽 하늘 계명성(啓明星) 보다 더한 빛남처럼

만천하 초인들이 옷깃 여미고 떨쳐 일어
뜨거운 가슴 나라 사랑 되어
푸르른 하늘 유월의 태양 아래 펼쳐지리라

파로호(破虜湖)*

구만리(九萬里) 돌아드는
장엄한 내륙 바다

산새도 쉬어 가고
운무조차 멈춰 이네

수륙(水陸)이 안고 도는
깊은 저 골 승전 함성

*파로호(破虜湖) : 파로호는 1944년에 건설된 화천댐에 의해 만들어진
  면적 38.9km의 인공호수로, 6.25 전쟁 중이던 1951년에 제1 해병연
  대와 전투를 벌였던 중화인민공화국의 제10, 25, 27연대가 5월 19
  일 이후 구만리에서 미 2사단 ,7사단 국군2사단, 6사단과 격전을 벌
  이다가 모두 수장된 저수지이다.
  파로호라는 이름은 1950. 6.25. 일요일 새벽 4시 선전포고도 없이
  기습 불법 남침을 자행한 김일성으로부터 자유 민주국가 우리나라
  대한민국을 지킨 초대 대통령 이승만 박사가 명명한 것으로, 오랑캐
  를 무찌른 호수라는 뜻이다.

김연아 스텔라 찬가(讚歌)

피겨 여왕 김연아 스텔라
세계 올림픽 제패
감히 이름조차 부르기가
송구한 만인의 주인공

"내가 하는 '피겨'가
바로 이것이다"를
겸허히 기도하며 보여준 달인의 천사

야무진 연아의 치켜뜨는 비상에
천 년의 학이 나래 접고
쌍무지개 펴는 듯한 조용한 휘날림에
우정의 평화물결이 그윽한 국화 향기 되어
온 세상에 펴져 인다

우리는 보았다
연아의 영광이 우리의 기쁨 되고
박속같이 살며시 내는 웃음이
대한의 자랑되었다

나라사랑이 무엇이고
부모효도가 다 어디에 있나
진정한 효녀 장한 애국자는
우리 대한의 영광 김연아이어라

대한기상(大韓氣像)

태평양을 굽어보는
고요한 터 아침 나라

약동하는 우리 기상
태양처럼 박차 이니

백호(白虎)가 소리침이여
온 세상이 떨쳐 인다

성북동 여음(城北洞 餘音)

성 너머 앵두나무 길
만해선생 심우장에

끊임없는 구도행렬
지칠 줄을 모르는구나

강산에 심은 탁덕
깨달은 님 누구이런가

기다림

북녘 북간도 통한의 찬바람 쐬다
청진으로 내려오신 예순다섯 해 내 외갓집

들려오느니 끔찍스런 늑대들 저 만행에
그리움의 슬픔 보따리 안고 가슴 쓸어내리시다
88년 무거운 생애 놓고 한해 전에 떠나신
우리 어머니

도대체 남북통일은 언제나 오려는지
한탄 말 듣고 자란 철없던 어린 나도
70줄로 접어드니 학 목쟁이로 변했구나

▼ 두만강

애도(哀悼)합니다
 -용문산 안개 속 산화한 국군 전사들을 애도하며-

예측도 할 수 없는 님들의 갑작스런 이 세상 이별을
보고 송구스럽게 땅을 치며 애도(哀悼)합니다.

이제 그대들의 사랑과 애국의 넋은 저 하늘 위 반짝
이는 파란 별빛이 되었습니다.

요즈음 우리의 역사적 지주인 정신세계 숭례문이 홀
연 흉측하게도 한밤중에 불에 타 잿더미로 가라앉고
정초엔 스무 분이 그리운 자유 찾다가 안겨보지도 못
하고 사지에 다시 끌려가 비명에 쓰러졌다 하고

이어서 또 이 어인 일인가
우리 국군이 전우를 살리려 일곱 분이 한밤중에 공수
뒤 귀대하다가 안갯속 용문산 상봉에서 산화했다니
오호 통재라! 그대들의 숭고한 넋을 세상인 우리 모
두가 어떻게 추모하며 기려야만 하는가

남아 있는 유족들… 그리고 뭇인의 애를 태우는 안타
깝기만 한 얽힌 젊은 사연들…
뉘라서 이들에게 삶을 헤쳐나갈 온전한 긍지를 붙들
어 주랴!

하늘이여! 하늘이여! 이 인간사를 어떻게 풀어야 하
오리까

삶이 희망차다 했지만
이렇게 허무인 듯 사라지니 한편의 세상 일 기뻐함이
면구스럽다.
그대들의 숭고한 넋 앞에
살아 있다는 우리들은 부끄럽고 또 부끄러워 죄스러
울 뿐이다.

인생 삶 자체가 이처럼 이것이 온전히 다인가
내가 할 일이 도대체 무엇인가
그 뒤 있어 하늘에 닿을 저 슬픔과 허무의 고뇌를 풀
어 따뜻이 감싸 안아주랴

예측도 할 수 없는 님들의 갑작스런 이 세상 이별을
보고 송구스럽게 땅을 치며 애도(哀悼)합니다.

이제 그대들의 못다 핀 사랑과 애국의 넋은 저 하늘
위 반짝이는 파란 별빛이 되었습니다.

울지 마라(4행시)

울 : 울타리 안 맨드라미 꽃술에 시샘 낸 장닭 한 마
　　리 날갯짓하고

지 : 지나간 저 세월 보려 다소곳 고개 숙인 앵두나무
　　휘어진 가지

마 : 마루 끝 긴 초여름을 수놓는 우리들의 한결 같은
　　물망초 노래

라 : 라일락 수수꽃다리 향내음 밟고 기쁨 실은 내 님
　　오신다는 데

사대부(士大夫)

송이는 양지 바른 금강송 밑에 자라야
선망의 향기 뿜게 되고

공작은 화려하게 펼치는 깃 양태라야
조류 중 왕중왕 기림을 받는다 하네

수신제가 치국평천하가
빈말로만 치장하는 미사여구가 아닐지니

기상(氣像)

바다는
청탁을 가려 받지 않아도
항상 푸르르고

우주의
저 하늘은
넓고 높음을 자랑치 않는다 했는데

마음속에
이 푸름과 저 높음을
간직할 수만 있다 하면

세계 제패 탁구 선수 유승민

유구히 흐르는
역사의 강물 속에서 핀

승리의 월계관이
이런 이야기를 안고 있었네

민들레꽃 피움 보다
더 진한 부모 사랑

우리 땅 만주

북소리도 우렁찼다는
옛날 만주 땅

광활한 벌판 위에서
우리 선조들 함성은
천지를 진동했다네

도도히 펴져 흐르는
산하에 비추어진
장한 백의민족의 기개

되찾아오고야 말
그때의 기백이여

선정가(善政歌)

수신함의 제일 계는
신뢰 쌓기가 으뜸 되고

치국함의 근본 틀은
인의(仁義)폄이 제일이라

사해(四海)의 선비들이
경탄(驚歎)겨워 운필(運筆)하면

만천하인(滿天下人) 덩실덩실
태평무(太平舞)를 추게 되리

오륙도(五六島)*

오십오년 전 부산 영도섬
개골산 밑 청학동 여덟 식구 살던
9평짜리 후생주택 27호
열다섯 살 내 가슴에 새겨진 동쪽바다 오륙도

뿌우웅~ 뱃고동 소리에
먼 하늘은 바다에 닿아 푸르렀고
다섯 됐다 여섯 되는 섬 둘레로 이는 하얀 파도는
내 할머니가 들려주신 향수의 고향바다

6.25 동란
그 험하고노 저잠한 세월 속에서도
오륙도 감싸 안은 부산 바다는
청순한 소녀 닮은 옥빛

*오륙도(五六島) : 부산광역시 우암반도 남동단에서 동남 방향으로 600m 지점 해상에 있는 군도이다. 부산의 상징 중 하나이며, 부산광역시의 문장으로 쓰이고 있다.
육지와 가까운 순서대로, 우삭도, 수리섬, 송곳섬, 굴섬, 등대섬의 5개 섬으로 이루어져 있다. 밀물이 들어오면 우삭도가 물에 잠겨 두 봉우리(방패섬, 솔섬)만 남으므로 6개 섬으로 보인다.
행정구역상으로는 부산광역시 부산 남구 용호2동에 속한다.

이제 다시 찾으려
바닷길 광안대교 지나
신선대 돌아들어
네 앞 지척에서 만나서니
쌓이고 쌓인 지난 슬픈 날 파란 내 꿈들이
미리내* 은빛 파도에 어루만져진 오륙도이더라

*미리내 : 은하수(銀河水)의 방언.

탄(歎)! 지도자(指導者)

가람이 깊으면
대지가 풍요로워
백성들이 기쁘게 됨을 아는가

을야지람(乙夜之覽)*의 뜻 알고
현자와 더불어 국사를 논하는가

비온 뒤에야 땅이 굳는 순리로
내일을 위해 경작을 해야 하는데

*을야지람(乙夜之覽) : 임금은 낮에는 정사를 보고 밤 열시(을야경) 되
  어야 독서를 한다는 뜻.

아~ 아~ 잊으랴 어찌 우리 이날을

유월에 들어서면
산하가 온통 초록빛으로 물드는데
버려진 세월의 침략 그림자는
빛바랜 커튼 조각 마냥
여기저기 언저리에서
아직도 흉스럽게 너덜거린다.

6.25!
처참한 그날 우리들 슬픔
끊어진 강다리 위 굽어진 고철
녹슬은 구석 사이 아득한 흔적 속엔
펑펑 쏟은 흐르는 눈물 자욱
아직 아니 마르고
그리운 님 그리는 허공에
던져진 목청만 퍼져 아프더라

그날의 애절한 이별이
천추의 한 되어
어긋난 인생의 수레바퀴처럼
삐꺼덕대며 여기저기서 구르고

뭉게구름 보다 둥실한 님들께서 품은
소중한 꿈의 가슴에
연모의 아름다움도
차마 깃들이지 못하고
짓이긴 흙탕 구덩이 마냥
산산이 무너져 쏟아져 내리니
지상 없이 흘러 떠나간 뒤안길
그 슬픈 낱낱의 아픔이여!

행복을 짓 깨버린 자들의
평화의 허세가 너울 쓰고 다시 나타나
아불지 않은 가슴에
눈길도 주기 싫은 군상들이
아름다운 강산 헛 그림자 매김이
길바닥에서 저리도 어설프니
숨겨 마른 애간장이
분노의 채찍으로 다시 일어난다.

오호라!
호국의 영령들이시어
흘러가 쌓인 한가람 같은
우리가 흘린 눈물이여

끓어오르는 님들의 애국의 혼
그날의 함성 자유 지키심에
잦아든 의분의 흔적이 되살아 나오고
참담의 시련 이긴 님들
후예들의 떨리는 애국의 발걸음에
자유 민주 대한민국의 찬연한
정의로운 횃불은 다시 피어나
푸르른 저 하늘
님들이 펼쳐 놓으신 나라 사랑의 품에 안겨
새롭게 펼쳐 나가리라
영원 그 터전 대한의 하늘 아래로

2005년 6월 24일 동작동 국군묘지에서 (국립현충원)

봉의산(鳳儀山)[*]

소양강(昭陽江) 북쪽 우두(牛頭)벌
남쪽 창으로 내다보면
코앞에 바로 들어선 우뚝한 봉의산
산은 윗입술이고 소양강물에 비친
커다란 그림자는 아랫입술

그림자와 산이 만난 형상은
흡사 커다란 산 사람의 꽉 다문 입술이다
미소 짓는 입술도 아니고 조용히 다물은 품새는
영원을 추구하려 봉쇄 피정중인 신앙인 입술

강물을 막아 담수 한 지가 벌써 45년 여
더 거슬러 올라 6.25, 60년 전엔
이 나라 살리려 목숨을 다 내놓고
여기를 지킨 춘천의 우리 님들이 계신다

춘천대첩
그때 우리 님들의
서릿발 같은 날카로운 기상에
핏빛으로 새겨져 흐른 소양강이
이제 푸른 빛 나라 기상 되어 힘차게 흐른다

자유 대한민국을 구(救)한 소양강, 봉의산

위입술은 움직이지도 않는다
흐르는 강물에 새겨 닿은
아랫입술은 열릴 듯 말듯
그저 위엄이 가득한 입술

세월 따라 오가며 쌓인
님들의 애간장이 아직도 애절한데
강물에 담겨 하고픈 말 한마디
한 번쯤 입술 열기도 하련만

무심한 청둥오리 떼가
강상에 날아들면
왜적 물리친 충무공의
거북선 학익진(鶴翼陣)처럼 진을 친다

진을 친 상공으로
한 번 날면 만 리를 날 것이고
60년 다문 입술
한 많은 이야기 말 문 열면

그 소리 천지를 진동하는 우레일 터인데.

말하라 말하라 해도
무심한 구름은 말없이 흘러가고
작열하는 태양도
그때를 다 알고 있다는 듯
긴긴 하늘 길 위서 내려다 보다
저렇게 무심히 서산 노을만 그리고

매운바람 한 차례 지나면
계명성 따르는 차디찬 달빛도
소앙상 찰랑이는 밤물결에 깃들어
고고(孤高)히 적막하다

봉의산
소양강에 비친 너
꽉 다문 장중한 입술이 열리지를 않는구나

두 입술 만나는 선 위로
오가는 문명의 이기만
세월의 흐름을 가리지 않고

저마다 모양 떨며 느리고 빠르게
마치 바이올린 네 줄 현을 오가는
오묘한 몸짓의 활과 같구나

세월의 무게를 더 안고 난 뒤에야
언젠가는 시원히 열려지려나

*봉의산(鳳儀山) : 높이는 301.5m이다. 춘천시의 상징이자 진산(鎭山)으로 시가지 북쪽에 자리 잡고 있다. 상서로운 봉황(鳳凰)이 나래를 펴고 위의(威儀)를 갖춘 모습이라 하여 봉의산이라는 이름이 붙었다. 산 밑의 죽림동(竹林洞)은 일제강점기 때 이름은 대화정 이정목(大和町二丁目)인데, 1946년 일제 잔재 청산의 일환으로 정(町)을 동(洞)으로 고칠 때 봉황새는 대나무 열매를 먹고 산다 하여 대숲(죽림)이 있어야 한다는 뜻에서 지금의 이름으로 바꾸었다.
정상부에는 봉수대가 있고 8부 능선에 산의 가파른 지형을 이용하여 축성한 봉의산성(강원기념물 26)이 있는데, 고려시대에 축성하였으며 크기는 길이 1,241.5m, 높이 5~6m이다. 북쪽 산마루에는 소양강 일대를 한눈에 내려다볼 수 있는 소양정(昭陽亭:강원문화재 자료 1)이 있는데, 여러 사료로 추측해 볼 때 삼국시대부터 약 1,500년간 존재해 온 한국 최고(最古)의 정자라고 할 수 있다. 그밖에 산중턱 해발고도 150m 동쪽 기슭에는 경사면을 이용하여 인공적으로 파서 만든 석기시대의 동굴유적 혈거유지(穴居遺址 : 강원기념물 1)가 있다. 춘천분지 한가운데 자리 잡고 있으므로 조망이 좋다.

칠백의총(七百義塚)

충남 금산군 금성면 의총리엔
칠백의총(七百義塚)이 모셔져 있다

중봉(重峰) 조헌(趙憲)선생과
영규(靈圭) 대선사(大禪師)의 앞장서심에
그때의 의사들 애국 함성이 열절히 함께 모여
지금도 세인들의 가슴을 흔들며
고고(孤高)히 여기 쉬고 계신다

님들이시여
배달의 백의(白衣) 복장은 평화로 순박하였고
뭄켜쥐신 쇠스랑 낫들의 예봉은
창공을 가르며 의(義)로웠다오

뉘 시켜 이 의로움이 하늘을 찌르고
어떤 이 회유가 감히 내디딤을 거둘 수 있었겠는가
넘치는 조국 사랑 님들 앞에서
숭고한 뜻 모여 금산을 너머 천지를 뒤덮으니
찾아드는 후대 순례객 옷깃이 여며진다.

학수고대(鶴首苦待)
-통일염원-

연잎에
이어 내리는
한 여름
시원한 빗방울 소리가
영롱한 추임새로 아롱거린다

붙잡으면
닿을 듯한
방울방울 아쉬움들은
곱게 안겨질 평화 이야기

적막 속으로
무정하게 떠난
밤기차의
긴긴 기적 여운이여

찌이따맣게*
빼놓다 휘어진
매끈해야 할 학목쟁이 이런가

오늘도 기다리는
청순한 님들의 수놓음은
두 손 모으는 간절한 사랑 메아리

*찌이따맣게 : 강원도 양양, 강릉 사투리. 길게.

몬주익의 영웅 황영조(黃永祚)*

바르셀로나의 몬주익 언덕 1992년
대한을 양 어깨에 짊어지고
치달아 오르는 마라톤의 영웅 황영조
자리자리한 가슴 쓸어내리며
그날 대한민국은 온몸으로 울었다
감격의 하늘 위에서

달리는 철(鐵)의 건각은 대한의 기상이었고
모리시다의 끈질긴 뒤쫓음은 이름 하여
시랑(豺狼)이 왜구(倭寇) 일본(日本)의 통쾌한 침몰
됨이다

거슬러 올라가 가슴을 쳐 본다
우승하고도 베를린의 하늘을 쳐다보지 못한
한민족의 자랑 손기정 선수
63년 전 월계관의 울음은 슬픈 이야기
올림픽 마라톤 제패 하고도 눈물 흘린 1936년

새날은 그렇게 밝았다
베를린 철의 벌판
그리고 바르셀로나 몬주익의 언덕은

이제 우리 대한 기상 약동의 터다

우리의 황영조 그가
베를린의 슬픈 영웅
손기정 선수의 가슴에 쌓인 한을
시원하게 풀어내어
푸른 동해 바다에 깊숙이 내던져버렸다

*황영조(黃永祚) : 1970. 3. 22 강원 삼척. 국가대표 마라톤 선수.
 1992년 제25회 바르셀로나 올림픽 대회 마라톤 경기에서 우승을 차
 지했다. 삼척 근덕중학교 시절 사이클 선수로서 운동선수 생활을 시
 작했으며, 그후 명륜고등학교 재학 시절부터 마라톤을 시작했다. 어
 부와 해녀인 부모 밑에서 태어나 어릴 적부터 수영을 즐겼다. 고등
 학교를 다니던 중, 1988년 처음으로 전국규모대회인 경부역전 마라
 톤 대회에 출전해 뛰어난 활약을 보여 신인선수상을 받았고, 졸업과
 동시에 코오롱 마라톤 팀에 들어갔다. 마라톤 풀코스로는 처음 참가
 한 1991년 3월 동아 마라톤 대회에서 2시간 12분 35초로 3위에 입
 상한 후, 같은 해 6월 첫 국제대회인 영국 셰필드 유니버시아드 대
 회에서 1위를 차지해 세계적인 마라톤 선수로 성장했다. 1992년 2월
 일본 벳푸[別府] 마라톤 대회에서 한국 마라톤 사상 처음으로 2시간
 10분 벽을 돌파, 2시간 8분 47초의 기록으로 2위를 차지해 올림픽
 마라톤의 제패 가능성을 보여주었다. 김완기·김재룡과 같이 출전한
 제25회 바르셀로나 올림픽 대회에서 2시간 13분 23초의 기록으로
 우승을 차지했다.(1992. 8. 9) 이는 아시아인으로서는 손기정(1936,
 베를린 올림픽)에 이어 56년 만에 2번째 우승이었다. 1991년 백상
 체육대상, 1992년 대한민국 체육상경기상, 체육훈장 청룡장 등을
 받았다.

안중근(安重根) 토마스 의사(義士)

"서적(鼠賊)을 없애리라"
30 혈기방장(血氣方壯)의
금옥보다 더 소중한 나이에

때가 왔다고
목숨 내 놓을 거사(擧事) 임(臨)할 때
대한독립(大韓獨立) 만세(萬歲)!
만세(萬歲)! 만만세(萬萬歲)! 하시며
의(義)롭게 기뻐한
두려움 뒤로 감춘 우리의 영웅(英雄)

손수 자르신
생을 같이 하다 잘려나간
서러운 왼쪽 약지(藥指)에 어린
서릿발 같은 애국심이여~!
한 맺힌 조국 사랑의 메아리가
저렇게도 드높게 하늘을 울렸을까

살을 에는 찬바람 뚫고
다윗처럼 매섭게 팔매질한
하얼빈 역두 의로운 총성에

이토 히로부미 일본의 장래는
그로서 끝이 났다

님의 의거로
이 강토
대한민족(大韓民族)의 기상이
하나 된 용솟음이었기에

토마스님 영혼이시여~
고이 잠드소서
하느님 품에 안겨 계심이
너무도 자랑스럽습니다

우리 후대 가슴속에
건전한 나라 사랑이
어떠해야 된다는 것을
깊이깊이 심어 주신
대한민족(大韓民族)의 만고영웅(萬古英雄)
안중근 의사(安重根義士) 토마스 님이시여~!

성웅 충무공 이순신 장군
(聖雄 忠武公 李舜臣 將軍)

"방패로 나를 가리고
내 죽음을 장병들에게 알리지 말라"

왜적선을 물리치는
왜구침입(倭寇侵入) 7년의
마지막 독전(督戰)

숨 가쁜 노량해전(露梁海戰) 전투장에서
임전(臨戰)하는 조선 수군이
행여 사기 흔들릴까

소총 유탄에 맞아
갑판에 누워
장렬하게 운명 하시면서
노심초사(勞心焦思)해
부장에게 지휘권(指揮權)을 넘기며
당부하신 성웅의 말씀
승전 뒤 충무공 찾는
명장(明將) 진린(陳璘)의 오열(嗚咽)

노량의 빠른 물살은
세월을 안고 흘러갔으나

이 나라 지킨 님의 기상은
아직도 돌격(突擊)의
거북선(龜船)으로 남아
한려수도(閑麗水道) 곳곳에서
창파(滄波)를 가른다

원균의 참소(讒訴)로
폐허가 된 남해 바다
백의종군(白衣從軍) 뒤
임지 찾은 충효 명장(忠孝 名將)의 기개(氣槪)
상유십이 미신불사(尚有十二 微臣不死)

모아 본 열두 척
명량(鳴梁)의 낡은 배이지만
장군의 지휘에
사기충천(士氣衝天)한 우리 수군(水軍)

신출귀몰(神出鬼沒)하는 독전으로
혼비백산(魂飛魄散)해
패전한 133척 왜구함(倭寇艦)
세계 으뜸의 제독(提督)
우리의 성웅 이순신 장군(聖雄 李舜臣 將軍)

계룡대 찬가(鷄龍臺 讚歌)

46

이미 한밭엔 선현의 지혜가 머물었던가
비로소 만군 호령대가 서운(瑞雲)에 안겨있다

내딛은 님 기상으로 조국은 반석에 있고
끌어안은 저 가슴 나라 사랑은 청사의 평화라

홀연 휘감기는 청운이 계룡에 머물었나
궁전 이룰 옛 초석이 이 벌판 위 지킴이 됐네

이엇차! 고요 속에 용오름이 기운찬가
송이송이 이룬 꽃 벌판이 애국의 노래 터라

2부

우두 성당 뜨락에 서서

대지의 사랑 예찬
-사랑-

새벽 대지 위 초록 잎새
영롱한 물방울 방울
다가갈 그리움의 설레는 기다림들

쏟아 내려지는 폭포수 같은 밝음을
가늘 수 없어
온몸으로 끌어안고
저리도 빛이 되는 고운 노랫소리

달 그늘에 두고 온 그리움인가
별 마음에 감춰 놓은 이야기런가

드러나 속삭이는 반짝임들이
건네는 눈빛에 포근히 머무르니

오가며 스며드는 젖음에
마냥 행복한 이 대지여

니꼴라오 정진석 새 추기경님(10행시)
-새 추기경님 사랑합니다-

새 : 새남터 님 향한 서릿발처럼 상기도 일렁이는 순
　　교 선조들의 넋이여

추 : 추강(秋江)에 내리 흘리신 님 향한 사랑 일념 지
　　금도 아직 뜨거워 있고

기 : 기나긴 세월에 잦아든 순교성조의 강물 같은 증
　　거 함이 오늘에 이르니

경 : 경사의 샛별 같은 순교정신 동방 해 뜸 나라에
　　밤새워 반짝여 연이어 지네

님 : 님께서 만백성 사랑하심이 이 땅에 오셔 두 백
　　년 넘어 오늘에 이르셨네

사 : 사랑하올 주님 대전에 찬미찬송 드높혀 우리 영
　　광 올려 드리옵니다

랑 : 랑데부(rendez-vous) 대우주에서 만남처럼 두
　　추기경님이 여기 서시었으니

합 : 합일(合一)이 님 사랑 본체이시옵고 은빛 강변
　　모래알처럼 쌓이라 하셨나이다.

니 : 니꼴라오 추기경님 되신 경사로움에 이 나라 평
　　화의 문 활짝 열어 주시옵소서

다 : 다정 하옵고 인자로우신 우리의 정진석 추기경
　　님! 대사제 되시옵소서. 아멘

사랑의 날은 지금 이 시간이라

이제껏
받은 사랑
여기
한 바구니 놓고 가야겠네

님께서 남긴 족적은
따사로움의
남녘 훈풍이라

힘들게 찾아올라
바라보는 자애로움엔

고난도
행복도
함께 아파함이요

거룩함을
현세의 고통 나눔에 머물게 해
피안 찾음이
이제의 참 모습이라

애써 멀리서 무엇을 얻으랴
님 사랑
뒷그림자 따름이
열반(涅槃)*에 펼쳐지는
지고한 사랑의 장관일지니

*열반(涅槃) : 일체의 번뇌에서 해탈함(불교 용어).

우두 성당 뜨락에 서서

"기뻐하고 즐거워 하여라
너희가 하늘에서 받을 상이 크다!"(마태 5, 1-12ㄴ)

미사 참례 후
오늘의 복음을 묵상하며
성당 계단을 내려서다
문득
앞뜨락 느티나무 아래 펼쳐지는 평화를 본다

젊은 날엔
진초록 기상으로 가지에서 떨쳐 일며
떨리는 음성으로 주님을 열절히 찬미 찬송 하더니만

이제 세월의 무게를 안은 깊은 이 가을 되니
모두가 홍조 띤 옷매무새로
사르르 내려앉는 고요한 고개 숙임이여

창조주께서 베풀어 놓으신 고향 바닥에
짊어진 무거운 짐 다 내려놓고
무릎 꿇어 수줍게 엎드려
맨 몸에 스민 평화의 마음만 곱게 지닌 채

저리도 미쁘게 감사와 찬미 찬송을 드리는가.

오~!
전능하신 창조주 하느님
사랑하올 나의 주님이시여~

한여름 재 넘는 산바람 소리

숨이 턱에 닿고
온 몸이 땀범벅인 한여름
대룡산* 오르는 길

홀연 나뭇잎 사르르 흔들며
재 넘는 산바람 소리

발걸음 멈추고
지팡이 기대어 두 눈 감으니
발끝부터 머리끝까지
온몸으로 파고드는 선경의 시원함이여

소리 없이 다가온
미인의 미소 같은 저 풋풋한 흔들림은
속세 찌들린 땟국 다 없애는
천지창조의 한 가닥 상쾌함인데

산 아래 후텁지근한 세상 바람
아직도 제 갈 길 조차 찾지 못하니

*대룡산(大龍山) : 강원도 춘천시 고은리 소재. 해발 899m.

종교체험(4행시)

종 : 종일토록 우리 주님과 함께 걸었습니다

교 : 교차로에서 망설인 이야기도 드렸습니다

체 : 체험한 통고의 일 숨김도 때론 필요하고

험 : 험로 뚫을 땐 14처의 나를 보라셨습니다

성지 하우현 성당 순례

하느님께서
이 땅을 사랑 하시어
먼 나라에서 파견해 주신
현자 서 루도비꼬 볼리외 신부님

스물여섯 해
맑은 삶 내놓으시며
우리 위해 순교하신
성인 루도비꼬 볼리외 신부님

죄 많은 이 순례자가
여기 와 주님께 엎드려
통회 하며 간절히 기도드리옵나니

빈약한 저이오나
참 믿음 굳게 지니고
주님을 증거 하는 삶에 의연하셨던
볼리외 성인을 본받아
기쁘고 의연하게 주님 나라 찾고자 하옵니다.

구도(求道)

숲 속이 흔들리며
솔바람 돼 불어오니
어진 님들 찾아들어
책장 넘기는 깊은 소리

여기저기 찾은 길을
내 안에 심자 하니
나아 갈 마음 길은
의로움의 길 뿐이다

초록 잎이 들녘으로
시원하게 달리는가
내 안 꿈도 따라서니
하늘빛도 푸르더라

수신(修身)

58

강산의 유려함은
그 원류로 비롯하고

원만의 여유로움은
참 인품에 기초한다

깽판 놓고 천심 외면이
치국평천하라 뽐내다니

사우(思友)

행여나 문풍지가 흔들릴 땐
옛 벗이 기다려지네

복지를 찾는다고
훌쩍 떠난 정 많은 샌님

한가위도 다 되니
우이동 묘원에 잠드신
어머님도 그리울 텐데

글 줄 한 수
읊조릴 때면
더더욱 듣고 싶은
다정한 그의 음성

유한(有限)과 무한(無限)

산골 돌각사리 밭
밭고랑 옆에 앉아 숨을 고르다가
무심히 쥐어 본 돌멩이 하나

이리 뒹굴고 저리 뒹굴다
내 눈에 처음 띄었을 너
너 처럼 산다면…

태초부터의 세월 속의 너
어제의 세파 속 오늘의 나
왜 우리가 이렇게 만나는지

여태 머무른 너 정막의 자리가
그리움 이야기 펴낼 망루대(望樓臺)인가
수수께끼 같은 순명의 기다림
건네는 고요의 눈빛

나는 너
너는 나
서로의 맘을 꼭 들게 같이 할 수는 없다
시작이 다르고 겉보다 속마음 더 깊기에

다만 인정하며 가까이 하려
이해의 꽃 피우려는 것뿐
피조물들이 고개 숙여 한 자리에 들어선 것

땅 위 평화가 오는 세상
서로를 열어 보이는 세상
환한 웃음으로 닮는 몸짓의 광장
유구한 풍상에도 고요한 너
다듬지 않은 미소엔
물끄러미 건네 보는 생성의 사랑 전율

잠시의 우리 만남
이어질 우주 창조 질서에
너는 유구한 흐름에 또 내던져지고
나는 영원으로 흐르고

소양강 상고대(서리꽃)

올 겨울 소양강에
세 차례나 서리꽃이 피어났다
강만 푸르고 온 천지는 새하얗게

간밤
온 뺨 적시는 세상 이야기가
산에도 들에도 강둑에도 우리 마음에도
날쌘 바람 타고 살포시 어느새 내리었네

어디선가 천사의 음성이 들리는가
두 손 모아 화답하는 고운 우리 님들이어
찬비 노래가 성보성월 배꽃 같이 날리며

상고대 세상
날카로이 느껴지는 고운 모시 나래 펴짐
오히려 밤새도록 목화 솜 송이 되어
주님께서 들려주시는 따스한 음성

창조(創造)

님의 그 청초함엔
명주실 같은 끊이지 않는
고결한 선율이 흐르고

미지의 우주로
내달리려는
상념 속엔

용광로 같이
아름다울 지고한
끓음이 있습니다.

기도(祈禱)

만남이란
소리 내어 찾아드는
순결한 눈빛
두 마음이 하나가 되기

사랑의 격류가
내 안에서 쏟아질 땐
형언키도 어려운
통회의 바다 되고

천상의 영광이
어디에 있는가

매달리며 뿌려지는
눈물 방울방울이
낙원으로 흘러드는
순결의 보화이리니

가을 흰 구름

한가람 하늘 위
퍼지는 연한 목화송이

푸른 강물 위로
덩실거리는 하늘 춤 새
내 님의 뽀얀 모시 옷깃 같은 흩날림
이는 나래 잘도 휘젓는다.

창공 평화 바다에서 내 님이 오는가
취나물 꽃 하늘대듯 소박한 기웃거림

햇솜 같은 꿈이 둥실 퍼진다
하이얀 마음 이끌어 올리어

머언 나라이고 싶어라
퍼져 오르는 사이로
창공은 높기도 하여라

효행(孝行)이란

효행이란
도리도리 짝짝꿍
아기쩍 천사 재롱 웃음을
다시 찾아 기억해 드리는 것

어른 곁에서
친구 되어 말동무 해 드리는 것

감사하는 마음으로
뿌려 놓으신 따뜻함을 모아
두 손에 꼬옥 쥐여 드리는 것

그리움을 채워 드리려
베푸신 은혜를 마음에 지니고
무슨 일 있다 하더라도
소박한 정성으로 열일 제치고
걱정 시켜드리지 않는 것

효행이란
어른을 모시고
하느님 대전에 모시고 나가
기쁜 마음으로 열절하게
감사 찬미 기도를
함께 봉헌하는 것

내 왜 이러한가

처마에 얽힌 빗물
떨어지는 맑은 순수에

되돌아 그려 보는
하늘 향한 내 속삭임

님 그려 못 잊어 펴려는
못 견디는 나눔 애기

인생지계(人生之計)

근원 보니
한가람도
제 갈 길로 흘러가고

꿈나무들
꽃송이 마다
가지 열매 달리 연다

이제라도
깨닫는가
늦지 않을 여정(餘程)일세

이도(吏道)

입 때문에
흥망성쇠가 도래하고

춘추 옛날에도
영욕이 교차 했었네

대도무문이라 하였으니
길이 아니면 가지를 마세나

경인년(庚寅年) 새해 나의 기원(祈願)

간밤 꿈에 나는 밤이 새도록 밤나무 숲에서
크고도 빛나는 알밤을 많이도 주웠다
아래위 옷 주머니마다 미어지게 담아 넣고
또 바구니에도 넘치도록 가득히 담았다

새벽에 일어나 창밖 소양강을 내다보니
어제의 상고대가
온 세상을 눈부시게 하더니
오늘의 온 천지는
함박눈으로 새하얗게 변한다

대설
이 무슨 징조인가
서설(瑞雪)이 아닌가

포근한 품새로 보아
올 한 해 이 강토 곳곳에
기쁜 일만 가득히 넘치는
서광의 징조로 보이긴 하는데

주님 찬미 받으소서

주님께 간절히 기도드리며 바라오니
당신께서 만드신
온 세상 흰 눈 덮인 깨끗함 처럼
서로가 서로를 믿는 만방의 국민이
평화의 우정으로 기쁘게 오가는
우리나라 대한민국 이 한 해 속의
저희 모두가 되게 하여 주소서

인생이란 내 손에 쥐어준 삶의 줄거리

인 : 인애의 보살핌 은혜 안고 하늘에 내지르는 고고
　　한 출생 첫 외침이여
생 : 생사고락 소용돌이 다가옴을 먼 발치서나마 알
　　아서 보기라도 했는지
이 : 이고 진 풍파 헤침에 내한 몸 마구 던져도 저 가
　　람은 유유히 흐르고
란 : 란초향 그윽한 골짜기 골짜기 안은 대자연은 빙
　　긋이 웃기만 하더라

내 : 내 꿈 싣고 하얀 돛배 타고 헤쳐나가는 저 창파
　　엔 두려움도 부서지고
손 : 손가락 마디마디 풀어내는 지혜 시연은 수평선
　　하늘에 닿아있더라
에 : 에오세(Eocene 世) 힘찬 열림 만물 움틀대는 새
　　세대 어울림 속에서

쥐 : 쥐락펴락 분별없는 만용과 진퇴도 때론 매서운
　　정 맞아 다듬어지고
어 : 어설픈 내 노래 가락도 마다않는 이웃님 귀 기울
　　여 가슴으로 안아주니
준 : 준초(峻峭) 만리봉에 동댕이쳐진 듯 까만 삶이
　　옥빛처럼 여며지더라

삶 : 삶은 창조주로부터 부여받은 박속 같은 마음 끊
　　임없는 이어짐으로
의 : 의행(義行)이란 이타로 자신을 깊고 넓고 높게
　　짜낸 사람의 완성이라

줄 : 줄탁동기(茁啄冬機) 조화로움은 창조주의 섭리
　　오묘한 가름침일진대
거 : 거슬러 올라가 세인들이 서로 위하는 사랑의 진
　　실을 깨닫지 못했다면
리 : 리어(鯉魚) 회유안은 호수 비친 하늘의 푸른 뜻
　　을 그 누가 알았으리오

또 땅이 뒤 흔들린 자연 재해

어떻게 말해야 될까
이 끔찍한 슬픔

중앙아메리카 카리브 해
아이티 나라에
7.0 강진이라니

수도 포르토프랭스 남서쪽 16km
200만 명이 사는 도시
땅이 흔들려 송두리째 파괴되고

알 수 없어라
우리 모두와 님들이시어
세상을 사는 지혜의 시작과 끝이
어디에서 어디까지인지

비통하게 참변을 입은 지구촌 형제자매들
폐허가 된 먼 나라 아이티
생명을 잃은 모든 영령의 평안을
살아남은 먼 나라
가슴 찢어지는 형제자매들껜
이 빈약한 가슴으로 깊게 위로 드리옵고
극복의 강한 지혜의 힘주시옵기를

3부

숨비 소리

땅끝(土末) 마을

76

두륜산(頭輪山) 끝자락에
자리 잡은 땅끝 마을

찾은 님 구성진 전설에
목청 돋운 뱃노래 어깨춤

포구를 돌아들어
창파로 내달음이어

수평선 이어 닿는
하늘빛도 끝이더라

격세지감(隔世之感)

메마른 내 마음속
어디에 강물이 흐르는가

밀알 하나에서
얻어지는 수확이 대단한데
꽃을 피우는 작물의 참뜻도
헤아리지 못하면서

실패로 묻혀진
낡은 공산 사회주의를
철늦게 내세우는
작금의 무리들

허공을 붙잡으려는 자가
무섭다고는 하지만
그들 짓 무서워서 피하는 건 아닐 텐데

엽기적인 수법을 뒤로 감추고
양가죽만 뒤집어 쓰고
날뛰는 저 꼴 하며

요세미티 공원 여행 추억

먼 나라
북아메리카
미국의 캘리포니아
머세드 강을 안아 내는
요세미티 국립공원

하늘을 찌르는 아람들이
수천 년 나이 먹은
메타세콰이어 숲 기둥

계곡 밑에서
싸바늑하게 지 뻗쳐 오른 1,098m
웅장한 엘케피탄

깎아지른 암벽 사이로
휘날려 떨어지는 장쾌한 폭포수

아득한 옛날
우리와 헤어져
베링해협 건너 들어
알라스카 아래로

기세 좋게 내리 달린
몽골리안 인디언의
우레 같은 말발굽 소리

뒤늦게 찾아든
초라한 불청객이

듣기만 하여도 어이없어
안타까운 가슴으로
흐느낌 소리 절로 냈던
지워지지 않는
피 맺힌 아쉬운 황색 광장

감춰진
몽고리안 반점은 더욱 푸르른데
님들이 앗긴
가슴 터지는 이야기는
요세미티 허공에 메아리 된 채
양 날개 활짝 편 날카로운 맹금(猛禽)의
휘파람 소리더라

간월도(看月島)

간월암(看月庵)에
스며있는
무학대사(無學大師) 자취 따라

구름처럼
모여드는
바다 철새 춤사위

석전(釋典)의
깨우침 펴는
탁덕(鐸德) 입은
산월도(看月島)

물러났으면

81

너무 답답하여
뒷산에 올랐더니
야생화 한 포기가
한 여름을 노래하네

성냄과 미움도 모르고
뒤범벅된 세상 풍파
타려고도 아니 하네

명리 찾기에 탐욕스런 무리들아
솜씨 노래 들통 났으니
어서 썩 물러들 가게나

스승의 날 유감

쓰러져 가는
스승 존경의 세상

승리에 도취한
도깨비들 바람에

의로운 기상은
허물어져 흔적도 없고

원한풀이 앞뒤 없이
교탁 헐기에 혈안 됐네

구만리를 나는
늦가을 기러기떼들아

복지로 가는 길
뚜렷도 하니

양 날개 펴 저음이
그리도 힘차구나

허망한 세월

삼라만상이 혹독한
세월 속에서 농락을 당하니

행여 천사 같은 우리 님이
세월 따라 다시금 오시려는지

툰드라 북녘에도 훈풍이 불면
배시시 웃으려는 꽃망울도 있다 하는데

수준(水準) (2행시)

84

수 : 수수꽃다리 라일락의 멋은 향기에 품격을 두지
　　모양내기에 열 내지 않고

준 : 준마의 기상은 달리는데 가치를 두지
　　갈기 세움에 마음을 쏟지 않음이라

청와대에 들어 제 할일을 찾지 못하는 지도자를 탄하며
(2005. 5. 20)

위정자치국실책경구(爲政者治國失策警句)

지위 있다고
자신에 도취되어
부추긴 말에 헷갈리는 날이면
나오는 건 분별없는 경거망동 짓뿐일지니
뉘 있어 일으켜 바르게 세우리오

허황된 꿈만 가득하여
뜬구름만 잡자는 날만 오면
여기저기서 걷잡을 수 없는
파국의 아우성만 거듭 이어 온다네

이제라도 정신 차려 깨닫지 않는다면
서글프다
자신 망치고
나라도 망치는 자 되어
천추에 지워지지 않을
조롱거리만 남게 될 뿐

세상 구경

나 맨주먹 달랑 쥐고
'응아!' 소리 지르며 세상에 왔노라

난초 향보다 더 그윽한
내 가족의 시선이 나를 싸안은 채
희노애락 이미 반백 년도 더 넘어
세상을 구경 다 했으니

함초롬한 님의
초연한 눈빛 시선에
때론 내 마음
사시나무처럼 흔들렸고

때론 께름한 세파가
허전한 내 등 뒷덜미를 사뭇 들이쳐도
간다 온다 말없이 흐르는
뭇님 사연들이 저리도 고운데

함께 어깨동무하던
옛 벗님은 지금 어디에 서 있는가

늘어나는건 세월의 주름뿐이요
그 곱던 뽀송한 솜털도 날아간 지 오래다
바라노니
비치우는 진리 등대가
세월 밝기를 다 하고 있다는 건가

은빛 삼경 은하의 하늘은
억겁 년 흘러가며
말없이 지켜 내려다보고 있는데

괴물들 출현

광기 어린 얼굴로
사생결단 하려드나

교활한 언변으로
하늘을 가리려네

나라 지킨 충혼들이
가슴 치며 통곡한다

실망(失望)

경천동지 할
선정 펴는 줄 알았더니

어디서 배운 수단인가
강포에 싸서 안은
햇아* 보다 못한 꼴이더라

이르노니
선정(善政)의 막중함은
국가경영의 대사니라

*햇아 : 양양군 사투리. 갓난아이의 호칭.

엉옹망총진망창총

제가 평소 존경하는 서 박사(원자력 공학, 물리학 전공)께서 제게 수수께끼 같은 서신을 보내왔습니다.
"?"
도저히 알 수가 없는 문구이었습니다.
'엉옹망총진망창총'

.......................?
그 아래엔 그분께서 시국을 염려하시는 글이 쓰여 있었고 글 가운데
옹총망총
엉망진창
이란 말의 구성 글자 하나하나를 '뒤죽박죽'으로 짜맞추기 해놓으시면서
순수하고 진실된 세상은 어디를 가고 순수해야 할 학문 중 특히 조금도 빈틈이 없어야 할
과학 분야까지 정치 낌새가 쐬어 이런 수난을 당하여야 하는가 하는 한탄의 글을 풍자하는
세상 꼬집는 글이었습니다.
즉 '엉옹망총진망창총'!
제가 한참을 읽다가 할 말을 잃었습니다.
평소 한치도 소홀함 없으신 과학자께서 이렇게 세상

을 풍자 하시다니…
마음이 많이 아프셨음이 틀림이 없는 것 같았습니다.
한참 있다가 저도 수수께끼 보낸 분의 뜻을 공감하기
에 더할 말이 없어서 S 박사께 위로의 글 형식으로
부끄럽게도 다음과 같은 글을 드렸습니다.
좀 웃으시고 마음 푸시라고.
제목은 그대로…

- 엉옹망총진망창총(세월풍자 8행시) -

엉 : 엉덩이에서 뿔 먼저 나면 못되었다고 일컫게
　　되고

옹 : 옹샘이만 골라 먹으면 팥죽 맛은 풀죽 맛 되는
　　데

망 : 망치로 얻어맞을 자 홍두깨로 또 친다고 했었
　　거늘

총 : 총올치*로 그물 시작이란 말귀도 모르고 자랐
　　었나

*총올치 : 가는 새끼줄, 삼베 실

진 : 진실로 이르노니 세상일엔 앞뒤 있음이 필연이
라

망 : 망가질 대로 망가진 뒤엔 되세우기가 난망이네

창 : 창해 다시 보고 창공 우러러 양팔을 펼쳐 안으
려도

총 : 총총한 별 많기도 많지만 내 것 되는 게 없다
하네

남도기행(南道記行)

93

복(伏) 중 남도 벌
아미 숙인 매무새
강한 초록빛

우중충한 큰 주먹 같은 덩치
미로 속 청학동엔
태고의 신비가 여태 잠자고

산고 수려 뽐냄 안고
고운님 맞으렴 인가
바삐 닫는 섬진강(蟾津江)

남도 땅
흐르는 세월에 내 놓는
땀방울 보다 더 짙은
소리 없이 들리느니
내 님들의 질박(質撲)한 삶 이야기

섬진강 여운(蟾津江 餘韻)

진안(鎭安)과 장수(長水) 두 고을의 맞물림 터전
팔공산(八公山 : 1151m)에서 발원해 북으로 흐르다
휘돌며 다시 마령면(馬靈面)에서 남서로 흘러
임실군(任實郡) 강진(江津)에 머물러
가쁜 숨 고르며 쉬다가
문득 만난 오수천(獒樹川)과 뒤 넹기질 치며
다시 아우러져
곡성(谷城)평야를 만들어 놓고
보성강(寶城江)과 합류하여
광양만(光陽灣)으로 내리 달려 앉으려 하는
그 이름하여 섬진강(蟾津江)

강둑은 높고 물살은 세어 담수어(淡水漁) 중
가장 빠르다는
은어(銀漁)가 세차게 오르며
세상 만난 듯 강심에서 제비처럼 회유하는 곳 섬진강
장엄한 물길 212km, 순박한 뱃고동 길 38km,
남도의 내륙의 물길은 그렇게 거창한 몸부림 되어
우리의 자랑 한려수도의 찬란한 품에
곱게도 안기더라

숨비 소리

깊은 바다 자맥질
짊어진 생의 무게
소라 전복 미역 따기

참다가 따고 또 참다가
치솟아 오르며 내 뿜는
모진 삶의 긴 몸부림
숨비 소리!

휘이익~ 휴~우~
휘이익~ 휴~우~

*숨비 소리 : 해녀가
　　　　　오랜 동안 잠수했다가
　　　　　수면 위로 치솟으며
　　　　　참았던 숨을
　　　　　한꺼번에
　　　　　길게 내 뿜는
　　　　　긴 휘파람 소리.
*자맥질 : 무자맥질의 준말. 물속에 들어가서 팔다리를 놀리며 떴다
　잠겼다 하는 동작.(涵泳)

4부

마가렛 꽃을 좋아하는 여인

아내

태고적을 말해주는 여인
내 친구
반려자

그대는
뜨거운 화롯 불씨를 지켜
간수하는 전통의 수호자

이제를 잉태하여
내일을 여는
이 땅의 어머니

나 눈살을 찌푸려도
단박에 어떤 마음인지
꼭 집어 알아내는
지혜의 소유자

나 말고
또 내 옆에 있는
진정한 나

내가
이 세상에서
제일 사랑하는 여인

사패산(賜牌山)* (3행시)

사 : 사랑한다는 한마디 말을 믿고 한평생을 함께 하
　　는 내 아내

패 : 패랭이 꽃보다 더 애잔한 미소에 당신의 진실을
　　읽습니다

산 : 산야 가득한 들꽃 어디서도 찾아볼 수 없는 우리
　　둘의 노래

*사패산(賜牌山) : 도봉산에 연이었고 도봉산의 서북쪽에 자리함.
　조선조 14대 선조왕의 여섯째 딸 정휘옹주(貞徽翁主)가 류정량(劉貞
　亮)에게 시집갈 때 부왕으로부터 하사 받은 산이라 하여 그 이름이
　유래 되었다고 한다.

100

사랑*은 죽음보다 강하다(10행시)

사 : 사랑의 등불이 켜지면서

랑 : 랑 데-부의 사연 속에

은 : 은애로움이 담겨지고

죽 : 죽도록 쏟아내는 연민의 정을

음 : 음율에 실려 놓아 조화음으로 승화 하면

보 : 보름달 같이 아름다운 숭고한 모성이

다 : 다듬이 소리처럼 잔잔히 다가온다

강 : 강개한 지사들의 우국충정을 누를 자 어디 있고

하 : 하해 같은 나라 사랑 막을 자 그 누구랴

다 : 다정한 위함 속에 내 조국은 영원하리

*사랑 : 나라 사랑

그리움

천사 같은 해맑음으로 차창을 내다보는 눈빛
까만 두 눈동자 감싸인 속눈썹 웃음에 이어
안녕이라고 손짓하는 입가엔 평화의 모습만 찼고

행복한 나들이에
너의 마음은
마냥 하얀 솜처럼 퍼지는 구름 되어
파아란 하늘에 지켜져 훌쩍 떠났다

어느 별리가 안타깝지 않으랴
하루의 보고 싶음이 벌써 봄 뜰에 어리니
쫓아 달리는 마음에 이는 그리움도 기쁨이런가

잠시 떠남이 이렇게 사무치는데
기약 없는 매달림에 모가지 길게 올리며
머나먼 이국에 두고 온 님 서로 그림은 어떠하리오

짝사랑

눈길은 한 곳에 매었으나
그리는 마음은 만 리를 날았다

나를 보았을까
어떻게 생각할까

홰를 치다 창공을 나는 소나무 위 왜가리
하얀 몸짓 단아함이여

다가갈 수도 목구멍에 멈춘
더는 내 놓지 못한 사모의 말
귓볼 빨개져 망설이어진 봄날 이야기

행복(幸福)의 길

외갓집 가는 길은
그리움의 길

외로울 때
마음 안으로 파고드는
주름진 외할머니

매서운 바람이
뺨을 때린다

폭우로 불은 산골 물이
걷어붙인 무릎을 흔든다
가냘픈 바지가
다 젖어든다

새 힘이 솟아난다
가까운 길이라지만
갈 때는 늘상 멀기만 했다
왜 이렇게 멀기도 한지

거기에는
환한 웃음 가득히

양손 벌리고
와락 끌어안으려
뛰어나오실
외할머니, 외삼촌, 외숙모

외갓집 가는 먼 길은
행복한 길

●6.25 때 어린 시절 아버님께서 공산당에게 끌려가서 여태 소식을 모
르는 내 아내의 아버지와 어머니의 그리움과 외로움을 달래느라, 비
온 뒤 물에 빠져가며 소양강 건너 춘성군(지금은 춘천시) 서면 방동
리 외갓집 찾아 홀로 걸어갔던 초등학교 어린 시절의 가여운 내 아
내를 위로하며.

M.E구 구조(舊九組) 만남

만남의 흔적이
잔잔한 이야기로 흐르고
연초록 들판의 초록은 짙어만 갔다

가을 단풍 고목 아래
주고받은 님들의 정 넘쳐 나오고
되돌린 향수 퍼짐이 어제와 같아라

꿈길이 열리는가
옛 꿈속에 새 꿈 어리니
어여삐 흐르는 세월 향기 더욱 곱고나

아쉬움이 곧 내일을 기다림이라
오가던 정 감싸 안는 비둘기 되어
구구(鳩鳩)의 소리 내며 온데를 다 누비네

마가렛 꽃을 좋아하는 여인

둥글고 가무스레한 얼굴
왕눈이 별명을 달고 다니는
항상 웃음 가득한 여인

누가 옆에서
무슨 얘기만 꺼내면
무릎 접고 바짝 다가앉아
내 일처럼 들어주는 여인

안방 TV에서
연속극을 볼 때면
혼자 깔깔대다가
눈시울을 적시고
또 웃다간
눈물을 닦는 여인

꽃을 키우는 건 뒷전이고
다 피워 놓으면
싹둑 잘라
꽂꽂이 해 식탁에 올려놓고는
이거 와 보라고
솜씨 자랑하는 여인

고분고분한 줄만 알았는데
나에게 운전 배우다가
팔소매 걷어붙이고
운전 안 해! 냅다 소리치며
차 밖으로 나가
씩씩대는 바람에
나를 깊이 반성케 한 여인

피정의 집에서
열절히 주님을 찬미하고
뜨락에 나서서
하얗게 핀 마가렛 꽃밭을 보면
냉큼 들어가 앉아
사진 찍어 달라고
법석을 떠는 여인

자세한 말이 없어도
이젠 표정 하나 만으로도
내 마음을 환히 읽는 여인

지방 여행 중엔
하루종일 이야기 주고받아도

전혀 지루해 하지 않는 여인

이 세상에서
당신만을 가장 사랑한다고 말할 때
쑥스러워 하면서도
아주 행복해 하는 여인

이젠
명절이 되어도
한복을 꺼내 놓고는
애들 옷인지 영감 옷인지
구분도 못하는 여인

긴 세월 속에서
서로를 소중히 하며
살아온 우리의 삶을
더욱 하느님께 봉헌하는
우리가 되자는
믿음 깊은 여인

부부애(夫婦愛)

소중한 그리움 채우려
용광로 같은 어린 끓음이여

긴 수련의 연마(鍊磨) 끝에
밤송이 알 암처럼
후드득거리는 가을의 풍요(豊饒)

화답하는 우리들 기도
"네 여기 있습니다"
그래서 이루어지는 자계(磁界) 속 순명 안고
창조질서로 뛰어드는 기쁨의 긴 여정(旅程)

하느님의 지고한 사랑 앞에
찬미소리 간절한 불변의 서약(誓約) 노래

5부

9월의 고향바다

강현(降峴)

늦가을 물치 바다 앞
돌아서서 송암산을 바라다 보면
마치 풍채 좋은 선비가 반듯한 자세로
동해를 내려다보는 듯한 산세

정상 위 더 저 멀리엔
벌써 흰 눈이 덮힌 청봉 마루가 하얗고
아래 들녘 이 마을 저 마을엔
감나무 가지마다 주황색 감들이
홍시 되려 주렁주렁 달려 있네

평화로움이 드나는 파도에
우리 님들은 고운 모래 되어 포근히 안기고
대대로 이어지는 순박한 향토 내음 따라
낙산 인경 소리에 총총한 객의 걸음 붙잡히니
천불동 맑은 물이
동해 부름에 못 이겨 소리 내어 쏟아진다

인간사 얽혀 있으되 한 짐 지고 와
태질 하는 파도에 시원히 던져놓지 않을 양이면
어찌 고운 마음 불러내어 서로를 사랑하리

옛적에 신선이 이곳 언덕에 내렸다 하여
강현(降峴)*이라 하였는데

*강현(降峴) : 행정구역으로 강원도 양양군 강현면을 말한다. 후진(後
津-설악 해수욕장) 전진(前辰-낙산 해수욕장) 양쪽의 해수욕장을
끼고 관동팔경 낙산사 의상대가 일출을 바라다보는 곳이다. 금강송
으로 둘러싸인 장산리(짐미) 비행장, 대청봉 바로 아래 둔전리 진전
사터 삼층석탑, 중복리엔 350여 년 수령의 어마어마한 몇 아름드리
보호수 굴참나무가 있고, 1945년 때는 하복리 태봉엔 왜가리 서식처
가 눈길을 끌었다. 대청봉에서 내리는 강현천 양변 모래사장엔 추억
의 고운 해당화가 만발하는 곳이기도 하다. 정암리(亭岩里) 앞 길고
긴 물치(勿峙) 해안 고운 모래사장에서 내다보는 광활한 동해바다의
시원한 가슴 열림. 물치 항 홍백의 등대 양끝으론 격랑의 푸른 파도
가 갈매기들이 비상하며 부르는 추임새 따라 하늘을 향해 기가 막히
게 튀어 오르며 춤들을 추는 곳이다. 양양군 전체가 우리나라 제일
의 산세와 경관을 가진 곳이고 동해에서 해 떠오르는 희망찬 고장이
지만(해 떠오름 고장), 강현 여기 또한 산수가 좋기로 이름난 고장이
고 민심이 아주 소박하고 후덕한 곳이기도 하다.

미시령(彌矢嶺)

용대리(龍垈里) 저 너머서 지팡이 고쳐 잡고
이리 돌고 저리 짚어
딛고 오른 산마루에 걸터앉은 안개구름

네 앉은 그 자리
틈바구니 비집고 꿰뚫어 일어선
고목마다에 부딪는 숨 가쁜 산바람 소리

여기저기 두루에 날카로운 시 위 음향 흩어져 가니
호국화신 구진천(仇珍川)*의 천리노(千里弩) 기상인
가

창해는 저 아래서 손짓을 하고
하늘 끝은 예서 멈추어 닿아있구나

구름이 폭포수처럼 흘러내린다
광활한 동해 부름에 영(嶺)도 함께 내리나

달리는 것은 사무치는 내 그리움 향수(鄕愁) 뿐이요
살펴보아도

휘돌아 보아도
흐르고 내리 닫지도 않고 초연한 님은
태고부터 버티어 지켜 서 있는
장중한 언덕배기 미시령(彌矢嶺) 고갯마루

*구진천(仇珍川) : 신라 문무왕 때 천리노(千里弩)란 명궁을 전문으로
  제작한 명 노사.
  당 고종이 불러 그 제작 비법을 알려고 온갖 위협을 가하였으나 구
  진천은 목숨을 내걸고 말하기를 '이는 내 조국을 지키는 활인데 어
  찌 강국이 협박한다고 조그만한 내 영화를 위하여 그 제작법을 유출
  하여 내 조국을 공격 받게 하겠는가,라고 항변하여 끝까지 버티며
  당 고종에게 불복해 조국 신라를 지킨 인물. 이로 인해 오히려 당 태
  종이 신라인 구진천의 의기를 크게 칭찬하였다 한다.

신록(新綠)의 내린 천*

합강(合江)에 들어서니
깎아지른 암벽 새로
내린 천이 흐른다

여울에 뒹구는
하늘 이은 푸른 기상
누운 철쭉도 초록 푸름 따라 길게 흐르고

거슬러 오르는 강상(江上)
갓 피어나는 억새 같이 뽀얀 새벽 물안개
아직도 추위에 찡긋이는 맑음을
소근히 삼싸 넣어
흐르는 마음은 짙은 안갯속 저 아래일 텐데…

슈~아 가슴 두드리려
뒹굴어 피어오르는 산바람 같은 소리
님은 이미 내 마음에 안겼으니
굳이 기다려 살펴야 내린 천인가

새벽 청아한 꾀꼬리 옥 굴림 화답에
노란 초록 부끄러이 손잡은 님
헤어지기 안타까운 이 오월 '하늘 내린 고을'

골짜기 사연 천(川)변에 끌어 담고
지칠 줄 모르는 저기 어여쁜 이야기들 내림

*내린 천: 양양의 복룡산에서 발원하여 소계방산에서 나오는 계방천
과 현리의 방태천이 합류하여 40여 ㎞를 흘러내려 소양강 상류 합
강에 이르는 계곡을 말한다. 병풍 같은 기암괴석과 은빛 백사장, 자
갈밭 위로 물 밑이 훤히 들여다보이는 맑은 물이 계곡을 신비롭게
조화를 이루고 있어 보기만 해도 시원하고 황홀해진다. 가는 길도
평탄하고 곱게 깔려 있으며, 곳곳에 유원지, 쉼터, 간이주차장 등이
있어 야영을 하며 물놀이와 낚시도 겸할 수 있는 지역으로 가족 단
위로 즐겨 찾는다.
또한 래프팅의 최적지로도 정평이 나있다.

9월의 고향 바다

고향 가을 바다
산더미 같은 파도에 엎혀
지난 시름은 이미 부서지고
밀려드는 여운이 기진해 잦아들어
사르르 엷게 되드는 오이 빛 걸음 소리는
고운 님의 소리

먼발치서 겹겹이 줄지어 다가서는
쪽빛 굴림 같은 누비이불 되어
곤두박질치는 넓다란 다가옴을
저기 육지가 포근히 기다리고

지치는 성난 파도를
되받아치는 갯바위 머리 위론
소스라친 갈매기의 황홀한 비상이
하얗게 날카롭다

짜 운 눈물이
수억 만 번도 더 넘게 태질 되어
미색의 넓은 사장에 이어 닿는
간질거리는 속삭임으로 저렇게 몸부림치니

알알이 쌓여진 긴 띠 바닥 모래알 흔적 속엔
사연 깊은 가지가지 인간사 이야기도
숨겨져 있었던가

시리도록 푸르른 하늘 아래
옥빛으로 부서지는 그리움이 더더욱 시리구나
향수(鄕愁) 캐는 깊은 마음에 젖은 출렁임 소리가
허기진 내 가슴을 뒤흔들어 대고 있으니

벌초(伐草)

예전 고요 속 산소 앞 낫 놀림엔
풀잎마다 선대가훈이 가슴에 저미었다

요즈음 예초기 굉음
산새들도 놀라 날고
난데없는 땡비 말벌이 심술을 부린다

들고 튀고 엎드리고 고함지르고
온 산하 벌판이 벌컥 뒤집힌다

애들아 !
요즈음 바깥세상
왜 이리도 시끄러우냐?

소양강 처녀 동상 제막식(銅像 除幕式)

소 : 소양강에 만추의 파도 춤이 넘실 인다

양 : 양양한 우두 벌판엔 벌써 첫서리 내렸다는데

강 : 강둑으로는 위 샘 밭, 봉의산 전설의 이야기 내
　　리 흐르고

처 : 처처에 맥국(貊國) 전설이 향토에 젖어든 곳

녀 : 녀톰* 물쌀 건너는 어여쁜 처자 치마폭 젖을세
　　라

동 : 동그란 얼굴 열여덟 순정의 다소 곳 부끄럼이

상 : 상기도 풋내기인 선남 가슴에 연모의 회오리 일
　　어내

제 : 제풀에 피어오르는 솜처럼 이는 물안개에 안겨

막 : 막아선 듯 되돌아 짓는 뽀얀 미소 머금고

식 : 식지 않는 따사로운 사연 기다려 이 강가에 서
　　있더라

*녀톰 : 옅음의 옛 말.

강촌역(江村驛)에 서서
  -둔더리-

옛 사랑이 남긴 아린 자취는 예서 흘러
서산마루에 걸쳐진 흰 구름 마음에 안기며 따라 가더
라

뿌우웅~
내 님 실은 경춘(京春) 기차 소리에
검봉산 깎아지른 바위 새 오름 되어
설레는 상념은 사뭇 흔들리었네

황혼녘 소스라친 물새 한 쌍이 강심을 때리고
강변 새하얀 으악새가 펼쳐 내미는 연민의 고갯짓에
등선, 구곡, 폭포수 안은 힘찬 북한강의 몸짓은
여울 소리도 두지 않고 넘실거려 춤을 추었다

어랏차!
여기가 삼악산(三嶽山)을 연모하는 강촌이로구나
태고에 이은 북한강에 손짓하는 마을이었나
향수에 머무른 내 님이 쉬어간 어귀이런가

님 걸음은 강물처럼 쌓임도 없이
애틋한 미련도 남김도 뒤로 해 훌쩍임도 모르고

그리는 달맞이꽃 마음까지 강촌에 남겨둔 채
샛별에 이끌리는 상현달 고요처럼 말없이 떠나더라.

●강촌 고장의 옛 이름 - 둔더리

죽변항(竹邊港)* 에 서서

고향 길가 코스모스 빛이 가을 포구에 이었다
죽변항 비탈에 쏟아지는 볕을 인 대나무 잎새
밀려올라 칭얼대는 한 바다 바람결
반짝여 반기듯 하는 구릉 덮은 대밭자리에
치오르는 초록 파도 물결이 쓸리듯 이는 저 휘가름

발아래 옥색 바다의 바람결 밀려옴에
저마다 그리는 바위섬 찾아 감돌아 부서지니
뽀얗게 부딪는 다정한 순수가
하얀 고깃배 머리 너머 수평선 하늘빛에 닿아 있구
나

철없던 매몰찬 이별 사연이 여기 어디에 묻혔던가
소용돌이 쳐대는 격변의 세상사 풍랑에 흘린 눈물 눈
물들
지난날 남겨둔 마음 이기려 더한 꿈 뒤쫓았건만
이제사 소스라친 귀소(歸巢)의 소중한 내 향수

세파에 찌들린 마음 해파에 씻음이여
쓰러질듯 강인한 저 벼랑 끝 노송 끝자락까지
유리 알처럼 말간 물안개 모래 자갈 굴음 소리 주우려

이어 도는 갯가에 날렵한 갈매기 춤사위 따라
다시 와 거닐어 보는 죽변(竹邊), 나의 포구여

*죽변항(竹邊港) : 경상북도 울진군 죽변면 소재 어촌항임.
　죽변항이 있는 울진군은 원래 강원도에 속한 행정 구역이었으나
1963년 1월 1일 이후엔 경상북도 행정구역으로 편성된 지역임.
　울진군엔 송강 정철의 관동팔경에 나오는 경치 중 이경(二景), 즉 망
양루(望洋樓)와 월송정(越松亭)이 있다.

향수(鄕愁)

흐르는 냇물 소리
나직한 뒷동산 떡갈잎 신록

잘 일구어 놓은 산비탈 밭뙈기
뽕나무 울타리 타고
입술이 진보랏빛 되도록 따 먹던
달콤하고 새까만 오디

따온 뽕잎 갉아 먹는
쏴아 하는 선반 위 누에 소리

이른 여름 밤
박풍은 초가 끝을 나르며
흰 꽃 참 박잎을 찾아 돌고

깊은 한밤 집 뒤 나무숲에선
부엉이 소리가
어린 귀 귓잔등에 다가와

으스스한 두려움 느낌 불러
앙상한 할머니 가슴을 파들던 곳
내 요람

동해(東海)

눈을 들어 내다만 보아도
시원히 열리는 마음

노도에도 굴치 않는 맥박으로
이글거리며 타오르는 일출을 향해

고난의 세월 스스로 이겨 내고
뒤틀린 지난 설움
짓밟아 떨쳐 일어나

다 같이 손에 손 이어 잡아
용솟음치듯 헤쳐 나아가야 할
저 푸른 우리들 젊음의 광장

새 꿈 찾아 등대 만나

미풍이 훈풍으로 바뀌며
소망은
돛배 되어 떠났다

넓은 하늘 아래
미끌리 듯
노래하는
하얀 갈매기

희망의 옥색 물결은
뱃전을 건드려
따라 흐르고

멈출 줄 모르는
님 찾음은
그렇게 시작되었다
수평선 저 너머

들려오는
평화의 노래
솟구치는
새 돛 펄럭임

등을 떠미는
창파의 힘 돋음

고도(孤島) 위
흰 빛 우정으로
손짓하는
저 등대

양팔 휘둘러 외친다
너 거기 있느냐
나 여기 흐른다

장날

1.4 후퇴 그해 가을
11살 어린 시절
물치장에 갔었다

무거운 보따리 지니고
오가는 아주머니 아저씨
풍각쟁이 할아버지 해금 소리

장날은 고을 잔칫날이다
할머니가 사 주신 새 고무신
놓칠세라 할머니 치맛자락 붙들어

베적삼 맨발로 십릿길 돌아
내 집 화단 앞에 섰다

검정색 고무신 움켜쥐고
쪼그리고 앉자
원산에 가신 어머니가 신으셨던
고무신 코 같은

봉숭아 꽃봉오리를
유심히 들여다 보았다

한계령(寒溪嶺)

동쪽으로
눈을 돌려도
야~!

서쪽으로
눈을 돌려도
야~!

사방으로
눈을 돌려도
야~!

야~! 소리
몇 번에
홀연
선경에 선 나를 보고
야~!

소양강(昭陽江) 기슭에 서서

소양강변에 봄 기색이 도니
강심에 선 수양버들 가지 끝마다
노란 초록으로 자욱이 기지개를 켠다

세월교(歲月橋)로 여울져 장중히 흘러내리는 차디찬
맑음
오봉산 배후령 한겨울 얘기가 와르르
소양5교 아래 휘 돌아치는 소용돌이에 머무는 세찬
기운
위 샘밭에 노니는 청둥 철새 나래가 고요하다

태고의 선사(先史) 흔적
띄엄띄엄 맥국(貊國)* 봄 숨소리 되어
광활한 우두(牛頭) 벌에 장쾌히 펼치는가

아직도 지워지지 않고 달리는 말발굽 소리
우두 산꼭대기에 머무는 듯 퍼지는
강폭에 씻기운 함성
백의의 맥박이 여기서 요동을 쳤지

북한강 원류에 움틀 거리며 다가선 너

밀물에 엉켜 이고 온 짐 풀어 놓아도
포근한 님의 품으로 감싸 안는 의암호
개나리 온 둑 위에서 노란 봄 틈이 손짓 하니

물안개 이는 돌섬 마다에 소양의 봄은 화사하리
봉의산 휘도는 훈풍이 옛 삭주(朔州)*에서 펴지네

*맥국(貊國) : 춘천 지역의 고대 국가, 고구려를 세운 중심세력의 종족
　중 한 갈래.
*삭주(朔州) : 강원도 춘천시의 통일신라시대의 지명.

덕구온천(德邱溫泉)에서

응봉산(鷹峰山) 가을이 덕구(德邱)에 내렸구나
지친 객 마음이 기슭에서 치솟는 훈김에 취하며 돌아
보니
단풍잎에 배인 이 고을의 경탄스런 평화 소리가 더더
욱 아늑하다

동해의 푸른 기상에 일렁인 죽변 뜨락의 황금물결
벌판에 담긴 천년도 넘을 마분(馬墳)*이야기가 오가
며 산허리로 올리니
스며있는 선열들의 삶의 함성이 아직도 거세게 숨들
을 쉬는 듯

태초부터라면 천년은 아직도 어제인데
쌓여지는 인간사 아픔은 왜 저렇게 산처럼 치솟기만
하는가
돌아보니 장엄한 응봉의 우람한 기상이 황금 들녘으
로 안겨짐이여

덕구의 올해 가을이 지축부터 따사롭다
온 세상 시름이 여기저기 단풍물결에 안겨 되 오며
가고

평화 세상은 다가옴이 아니오
찾아가 온몸 던져 힘 쌓아 펼침이더라

*마분(馬墳) : 경상북도 울진 덕구(德邱－溫井里) 아래 해변 마을의 지
  명 덕천의 옛 고을 명. 이곳은 옛날 한때 삼국시대 때, 신라, 고구려
  양국의 기마병의 대대적인 충돌로 엄청나게 많은 말들이 죽어 산처
  럼 쌓인 것을 모래사장에 묻어 말의 분묘(墳墓)가 있는 마을로 알려
  져 왔는데 그로써 이곳 지명을 마분(馬墳)이라 하였다고 전해온다.

고향 빛

내 고향은 강원도 양양군 강현면 복골
추석 열흘 전 두 아들과 몸이 좀 불편한 나
이렇게 셋이 산소 벌초를 했다

설악 산록 끝자락인
관덕정 정승골 말무 골에서 마무리 벌초 11기를 했다
아직도 더운 열기로 땀에 밴 내복을 벗어
빨래하듯 짜니
뒤틀리는 옷 구석구석에서
소금물을 주루룩 내놓는다

가재 기어 다니는 계수에 삼부자 웃통 벗고 뛰어들어
오싹 소름 돋아나는 등줄기에 부딪쳐
떨어지는 물소리에
고향의 옛 빛은 아련히 되살아난다

7대조 할아버님, 6대조 할아버님, … 할아버님
그리고 6.25 참상을 다 겪으신 할머님 아버님
불효한 저가 두 녀석 앞세우고
어설프게 어른을 뵈옵니다

‘예전 이 골짜기에서 장자가 났단다’
때마다 들려주시던 할머님 음성 아직도 아리고
쌍천 흐름에 이끌려 동쪽으로 내리 달린 벌판 끝엔
푸른 동해가 설악의 기상을 흠모해 출렁인다

내 어머니 품처럼 따뜻한 가르침이여
골마다의 서린 옛날 그 순수가 아직도 저러하니
지워지려는 사연들이지만
고향 빛은 예처럼 곱기만 하다

그리운 할머니

뵙고 싶은 할머니
생존해 계신다면 120세

육이오 이태 지나
생사를 모르는 아들 내외를 걱정하며
집 너머 한 다리 밭에서 메밀 밭 매시다

그늘에 뒹굴으며 노는
철없는 열두 살 손자에게
오이냉국 만들어 더위 쫓는다고
훌훌 마시라시던 따스한 손길
칠순의 손자가 여태 그리워합니다

찬바람 섣달에 작은 운구차에 누우셔서
용평 눈길을 살같이 지나
설악동 장재터 말무골(馬牧洞)에 쉬시는
인자하신 내 할머니

어린 내가 이제 할아버지 되니
어디서 들었는지 여섯 살 손녀딸이
저를 향해 말합니다

할아버지! 할아버지! 착한 일 하면 천당 가?

"그러 엄!" 하는 내 대답에
"안 돼! 안 돼!
할아버지는 절대로 착하지 마"

이별이 남기는 건
이렇게
아쉽고도 간절한 그리움 뿐인가요

설악산(雪嶽山)

백두대간의 장중한 기상
예서 머무르니
만상 초목이 암벽에 얽혀
옷깃을 펴는구나

억만 창생이 찾아들어
남기고 간 사연이 저리도 자자하여
치켜진 능선 깎아지른 암벽으로
백설 되어 덮이니
여기가 바로 설악이라

구름 따라 넘실거리는
삼라만상의 철리(哲理)가
하늘에 푸르도록 맞닿아
백의의 넘치는 혼이 다시 숨 고르고
불쑥 치솟는 천야만야(千耶萬耶)의 골짜기에
넘들 마음도 안았네

설악은 우리의 노래되고
웅장(雄壯)할 기개(氣槪)로 서니
대청봉(大靑峰)에 높이 걸친 흰 구름마저
넘고자 넘고자 하다 머물러 쉬는구나

백덕산(白德山)* 산행

임을 잘 만난 날은
무엇이 달라도 다르다

도중 하산 하신 분 한분도 없이
장장 삼십 여리 길
걷다가 산허리의 흰 구름과 벗하며
백덕산도 불러도 보고
기이한 온갖 산나물
향긋한 꽃내음과도 벗을 삼았다

대대로 이 땅에서
행복한 삶을 누리는 분이 그 누구인가
회한의 한평생을 살았다 하여도
이른바 그대는 이곳 지키는 선인이구나

*백덕산(白德山) : 강원도 영월군 수주면과 평창군 평창읍 경계에 있는
  산. 높이 1,350m. 태백산맥의 지맥인 내지산맥(內地山脈)에 솟아 있
  으며, 주위에 사자산·연화봉 등이 있다.

효석 문화제(孝石 文化祭)* 회상

효빈*이란 경계말도 있지만
흉내만 내어도 아름다운 봉평의 메밀꽃 축제

석양이 지려 하니 달빛 아래 펼쳐질
하얀 소금밭 형상의 그리운 정경

문설주가 다 닳게 되어도 쉴 줄 모르고
돌고 또 도는 물레방아의 촤아~! 하는 속삭임

화려한 자랑 없이도 달빛과 손 맞잡고
징검다리 감싸 흐르는 맑은 강물이여

제민(齊民)의 향수 어린 아름다운 숨결이
사방에서 모여들어 가산 선생 칭송하네

*효석 문화제 : "메밀꽃 필 무렵"의 가산 이효석 선생을 기리는 축제.
*효빈(效顰) : 고대 중국 월나라 서시(西施)에 얽힌 고사성어, 자기 분
  수를 모르고 함부로 남의 흉내를 냄을 경계하는 말.

석정 김용진(石丁 金龍振) 선생님

느티나무 장주(莊主) 찾아
구도 선비 줄을 잇고

세심정(洗心井)에 넘친 마음
한가람에 흘러드네

석강(夕講)*에 뜻 둠이여
천하 만민 태평가라

*석강(夕講) : 임금이 공무를 마치고 저녁에 신하들과 더불어 글을 강
  론하던 일.

석정 김용진 교장 선생님 감사합니다.

삼가 느티나무에 오시는 님들께 드립니다.

참으로 감사합니다.

불초한 소생이 석정 김용진 교장 선생님과의 ME 부부 모임으로 오랫동안 만남을 가지던 중 석정 선생님께서 느티나무란 선생님의 홈페이지에서 삼행시 부문에 관하여 안내를 받았습니다.

또한 시몬 이필훈 님의 자상하신 말씀도 계셨습니다.

원래 글재주에 대해서는 항상 부족함이 많은 저라 용기 내기가 참으로 어려웠었습니다.

그런 어느 날 용기를 내어 2002년 11월 25일에 처음으로 '성북동' 이란 삼행시와 '석정님' 이란 삼행시로 첫발을 내디뎠습니다.

교회의 만남 이외에 이렇게 새로운 대화를 열고 보니 시간이 점점 지날수록 느티나무의 아래의 운치는 저로 하여금 포근히 안기는 듯한 행복감으로 가득하였고 한여름의 그늘은 참으로 시원함을 더해주었습니다.

가끔 넌지시 일깨우시는 석정 선생님의 소중하신 말씀은 자상하시고 정이 많으신 그러시면서도 아주 짧게 슬쩍 지나치는 듯 저를 가르치셨습니다.

이러한 시간을 갖기를 어언 3년!

저는 느티나무 그늘에서 소중한 님들의 글을 대할 수
있는 영광을 가졌습니다.
그리고 부족하기 짝이 없는 저의 글을 용감하게도(?)
님들이 보시는 곳에 남겨 드리게 되었습니다.

이제 부족한 제가 님들의 아낌과 석정선생님의 편달
하심에 힘입어 '공무원 문학협회'에 회원이 되었고
저의 졸작의 시 6편을 지난 7월 말에 심사하여 주십
소사 하고 응모하였는데, 오늘(2005년 9월 2일에 유
선으로 통보를 받았습니다) 오후에 공무원 문인 협회
로부터 당선 통보를 받았습니다.

참으로 석정 선생님과 모든 느티나무의 님들께 감사
의 말씀을 올립니다.

그리고 세상만사를 주관하시고 사랑 전체이신 전지
전능하신 하느님께 감사기도드립니다.
지금부터의 뒷날 저는 참으로 말 한마디 글 한 줄을
남김에 삼가 할 일이 많아지리라 여겨져 마음이 내리
눌리는 느낌도 가집니다.

그러나 모든 일을 하느님의 뜻에 근본을 두고 느티나
무의 모든 님들의 격려 속에 제 노력을 다하도록 하
겠습니다.
불초한 제 글을 읽어주신 님들과 석정 선생님께 감사
의 말씀을 드립니다.
감사합니다.

백덕산(白德山) 수가 솔방

방림의 수가 솔방 가는 길 따라
문재에서 올라 백덕산을 넘는다
첩첩산중이 산나물 산새들 노래터다

30리 길을 돌아
기진한 채 내려 닿은 산골 쉼터
방방 마다 상큼한 솔내음
어머니 손길 같은 포근함에
기대어 내려다보니 사슴도 노닌다

그리운 님이여
그대 이 산골 쉼터에 오월을 베고 머무나
솜뭉치처럼 내미는 신록 자락
망중한 기다림 끝자리에
초여름 약초 향기도 함께 쉬는가

용화 백사장(龍化 白沙場)에 서서

뒤로는 태백의 백설을 이고 선 금강송(金剛松)
가슴엔 이미 펼쳐진 동해의 푸른 바다
양팔 들면 바위 병풍 둘러싸인 용화 백사장(龍化 白
沙場)

휘돌아 어깨 뒤틀어 오른발 내밀으니
살포시 미소 짓는 동해 미항 장호항(東海 美港 莊湖
港)

용화 백사장 양 갈래에 푸른 바다 파도가 든다
끊이지 않고 겹쳐 이어오는 너 파도야

쉼 없이 달아들어 쌓여 맺힌 하소연 어찌 풀어 놓으려
억만년도 더 넘게 말없이 선 장구한 바위 병풍 암벽에
서슴없이 온몸으로 부딪는 꾸밈없는 태질
지축 흔드는 애절한 하소연
나 있노라
촤~아~촤~아~ 쿠루~ 르릉~ 쏴아~

못 잊는 님의 품에 기대려는 다소곳한 고갯짓인가
멀리서 그리며 달려와 어서 대답하라고 콩닥거리며

흰 춤사위 맵시 일구어
암벽 어깨 흔드는 투박한 기원이더냐

아~!
이제껏 주님 그리며 나만이 창조의 노래 불러드렸나
까마득한 장구한 세월 이고
푸른 물줄기 세워 들며
쉴 새 없는 몸부림 되어 부딪쳐 퍼져 나는
생동의 웅장한 동쪽 푸른 파도 찬미 소리여

고향 산행

청학리를 거쳐
동해로 갑니다

비선대까지는
올라 가 보겠는데

청봉이 하늘에 닿으니
눈빛 속에 안길런지

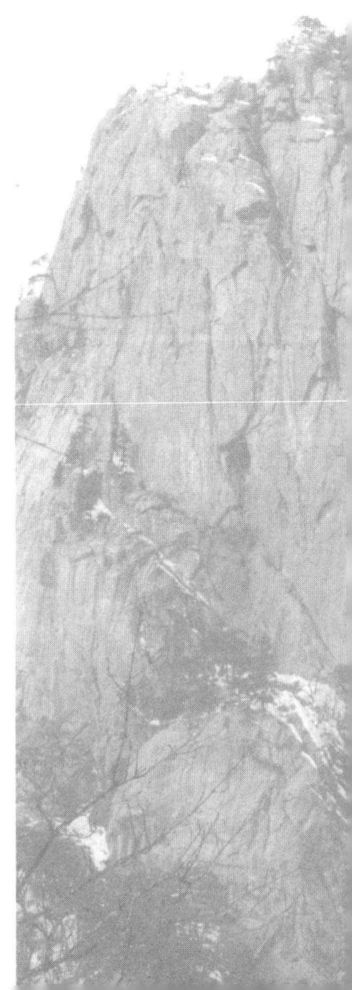

찾아온 고향

여기가 어디야
온통 오색의
가을 잎 주워담는 소리

님들이여!
지금
이 아름다움을
어디에 모아둘까

이곳에 흐르는 강물은
환희의 돛배 흔들림이고
저곳에 내리는 빗줄기는
아련히 들려오는 옛 님의 노래라

주워라
모아라
쌓아 간직하라

흘러가 머무르는 곳은
역사의 아름다운 흔적이라

6부

메밀꽃은 피었는데

봄 나래

섭리의 연한 바람이
차창 안으로 들어
구도의 가난한 내 뺨을 스치우고

치오르는 연초록 물결이
계절의 속삭임을 못내 떨쳐
산록의 중턱을 양탄자처럼 덮어 오르면

파르한 연한 흰 구름 사이
수락산 꼭대기에 걸친 해맑은 웃음은
마음 구석구석에서 용틀임을 불러 일으켜낸다

누가 이 강산을 함께 어깨동무 하는가
내님 옆엔 벌써 꽃바구니 사연이 한창이고
건너보는 먹골의 하얀 이화 밭은
그대로 밤하늘 은하의 이야기인데

꽃잎 행복의 나래 깃처럼 날리는 이 봄날은
연록의 녹음으로 짙어만 간다.

가을비

내다보는 창밖으로
계절이 바뀌는 소리가 들린다

늦가을 몸부림이
다 하지 못한 노래에 실려
새초롬한 춤을 추며 내려와
채곡히 쌓여진
오색의 지친 조각들을
쉬게 하고

불타던 입술로
가슴 안까지 스며든
아늑한 속삭임조차
파고드는 그리움 하나하나에
마구 뒤엉켜
상큼한 기운으로
여며진 옷깃을 두드리면

세월 속에 내 던져진
움푹 패인 나그네 발자국마다
어루만져진 자잔한 정들이 담겨
거울에 비친 님 모습처럼
가득히 채워져 내게로 온다

세월(歲月) 속의 봄

흐르듯 멈추고
멈추듯 흐르는
세월 안은 저 들녘에

어김없는 봄노래
울려 퍼지고

훈풍의 어루만짐이
귓전을 지나
복사꽃 가지 위에
아지랑이 벗하면

여기 와서
바라봄에
님의 노래가
마냥 고웁고

내 살며시
그 님에 화답하니
봄은 점점 깊어져라

달리듯 멈춰선
저 산록 언저리에

새 이야기가
황토 내음으로
내리 덮이니

지난 다
야속해 하며
예단(豫斷) 속에
감기지 않는 눈 감아

이 강산 아름다운 들녘을
놓칠 수는 없느니

사춘기(思春期)

열여섯 살 가을
산산한 영도 고갈산 내리 바람에
삼색의 코스모스
마냥 하늘대고

새로 이웃된
구란형(鳩卵形) 얼굴 소녀
거침없이 담 넘어
한아름 꺾어 안은
분홍빛 코스모스

갑자기 가슴 안에서
볶는 콩 튀듯
후당당!

돌담 안 꽃 꺾는다고
노발대발 하시는 어머님께
그러면 좀 어때요?
그냥 놔 두시지 뭐…
머쓱히 어깨 추스르는 볼멘 웅얼거림

의아히 같잖은 듯
건네다 보시는
어머니 시선 너머로
이제껏 느끼지 못한 내 안 속에서
다음에 또 가져 가
내 아무 말 안할테니

메밀꽃은 피었는데

발그름 대궁에
흰 꽃 이어 선 피고 또 피고
야들한 메밀 잎
첫사랑 소녀처럼
풋풋한 초록 옷 댕기를 수줍어 여미면

널린 감자밭 머리에 얹힌
초여름 새하얀 들판 보다
흐드러지게 마음 열어 내는
나질 따분 쌓인 어머니 어깨 같은
잔잔한 이야기 자리 열리우고

이 땅에 피어야만 하는
애절 속 숙명이런가
먼발치서 사뭇 내 달으는
박속같은 순수 비탈인가

하늘이며 긴 여름 이기려는 몸부림 기대려
저리도 찾아드는 백의의 향수
우리 님들 사연이 가득도 한데

이어 오는 연년
옛 이야기 가득 안은 너 메밀밭은
좌~ 좌~ 좌~! 하는
끊이지 않는 물레방아 소리에 매달려
어엿한 동안(童顔)의 꿈 수줍음 쳐들어 이고
걷힐 듯 하얀 빛으로 들판에 안개 소리 내며
지니고 싶지 않는 삶 속 시련을 덮어 서 있음이지

달맞이 꽃

노오란 청순함이 님 만나듯 수줍고
가을밤 강둑에서 함초롬한 기다림
코스모스만 벗한 님 떠나버린 옆자리에
갈바람 달빛 찾아와 다정히 속삭이네

달아오른 양 볼에 그려지는 그리움
손잡고 불러 보려 마련한 그대 노래
이어도 싫지 않은 따뜻한 그 음성이
미색의 행복으로 강변 둑을 울리네

가을을 탑니다(6행시)

가 : 가난한 어린 시절엔 찔레 싹으로도 허기를 메웠
고

을 : 을유 차례* 된 수의 나이 9월 27일엔 논산 훈련
소에 입대하여 충효를 외쳤다

을 : 을지로 4가 국도극장 앞 지하철 공사 땐 막걸리
몇 사발로 호기도 부렸고

탑 : 탑동에서 취한 걸음이 삼청 공원을 헤매다가 성
북동을 넘었다

니 : 니나노오 닐리리야 몇 년 사이에 꿈같은 세월이
훌쩍 날아가고

다 : 다시 오지 않는 세월을 그리다가 이젠 은백의 머
리카락만 세는구나.

*을유(乙酉) 차례 : 60갑자의 스물두 번째 해. 즉 22살 때로 비유.

의암호(依岩湖)의 가을

내륙의 가을이
지금 의암호를 돌고 있다

석양을 안은 굽이치는 구봉산 비단 폭이
호반 고을을 감싸고
삼악산 붉은 오색의 빛이
마구 쏟아져 호수 위로 퍼져 내린다

음율에 취한 물새 떼 비상에
창공은 더욱더 높아만 가는데
누가 여기 와서 애틋이 옛님을 찾는가

님은 벌써 내 앞에 붉은 단풍으로 다가와
세파에 흔들려 지친 흐르는 두 뺨의
눈물도 닦아 주는데

이제 계절에 젖은 잔잔한 내 꿈은
반짝이는 물보라처럼
피어오르고

하늘대는 갈대의 햇솜 같은 노래 따라
호반의 금잔화 속삭임에 귀 기울이며
풍요한 의암호가 깊은 가을에 묻혀
우두 벌 저 멀리 소양까지 펼쳐간다

은하수(銀河水)

홀연 가슴에 안기는 흰 구름 같은
광활한 밤하늘에 흐르는 별자리

태초부터 비롯된 우리들 은빛 이야기가
사무치게 치 솟구쳐 저리도 곱게 펼쳐 머물고

이어 가는 세월
연연히 새겨지는 구월의 산허리에
흰빛 가르는 취나물 꽃 같은 속삭임이
떠나는 항구의 뱃고동 소리처럼
하늘에 울려 퍼져 오르면

사색의 고요 속에 홀로선 내 이 자리도
청초한 님의 면사포 같은 바램을 살포시 이고
저 높이 흐르는 강물처럼
높다란 꿈 나래 안겨 힘차게 흐르리

홍시(紅柿)

까치밥이라 해도 좋다
네 꿈은 영글었다

초연한 듯
한가로운 주홍빛 매달림
다닥다닥 꼭지엔
사랑 이야기 붙었네

오리온 별자리 소담한 빛이여
빨랫줄 같은 별똥이
자리 싫다며
어둠 속에 내리는 선율이여

찬 이슬 낮밤 오간 뒤
소리 없는 앉음에
혀끝으로 도는 너의 말랑한 미소
달기도 하구나

매화찬가(梅花讚歌)

걷잡을 길 없는 사랑의 눈빛에도
차가우리만치 젖어든 마음에
오히려 온화로움으로 잔잔한 네 모습 떠올려

가슴에 저미는 그리움에도
이제나 건드려질세라
소리 없이 부끄러이 살포시 내놓아진
난향 같이 그윽한 내 벗의 노래됐네

화사한 님의 하소연 귓전을 때려도
실안개 모양 떠는 창으로 두드리는 달빛 품에
저리도 포근히 안겨 오는 미리내 흐르는 듯한 고결함인가
달리 찾아볼 수도
덧붙일 수 없는 상고대 같은 자태

무모의 효빈(效嚬)*함을 지척에 허락 않고
혼탁한 소용돌이를 실 같은 분홍으로 능히 보듬어
허공에 내놓는 깃으로도
너는 이미 그대로 놓아진 온누리 놓인 평화의 수(繡)이
다

*효빈(效嚬) : 덩달아 남의 흉내를 내거나 남의 결점을 장점인 줄 잘못
　알고 본뜨는 일. 고대 중국 월나라 미인 서시(西施)에 얽힌 고사성어
　이야기.

동백(冬柏)꽃

다가가 옷깃 여미며 올려 보는 세상 눈빛에
수줍음 감추지 못하고
빠알간 볼웃음 한 가운데로 진노랑 실 가닥 숨소리
그윽히 내미는 너

나라사랑 푸르른 파도소리 하얗게 이끌리어 오르는
벼랑 마루에 서서
투박스런 우애 맞음에 두툼한 부드러움으로 저리도
우정의 뺨을 부비었었나

끊이지 않는 한바다 올려침에 매무새 세워 이 땅의
호국 정성을 호젓이 맞으렴 인가
다 내세우지 못한 그리움 못이겨 되 오는
동짓달 기다리는 다소곳한 고갯짓이런가

모진 바람에 부딪혀 두터워진 진초록 잎 반짝임에
고고한 자태 더욱 더 고우니
추켜지지 않아도 제자리 못 다하는 너 짙음은
이 땅의 혼(魂) 동백(冬柏)꽃이어라

단풍(丹楓) (2행시)

단(丹) : 단념(丹念)*이 풍요로웁게 봄노래까지 실어
　　　　와 가을 산야에 뿌리니
풍(楓) : 풍림(楓林)이 몰아칠 동장군 맞으려 발갛게
　　　　수줍어 천지를 달구네

*단념(丹念) : 성심(誠心).

봄 길

이 땅에 정녕 봄은 오는가?
따사로운 동산 아지랑이 오르는 저 하늘에
쪽빛보다 더 푸른 희망이 열려 다가서니

만물은 여기저기서 요동을 치고
태초의 용오름처럼
기상은 일어 봄볕을 안는구나

뉘 여기 있어
유채의 노래를 부르는가
꿈은 앞산에 기대어 창파를 가르고
바램은 맞닿는 저 수평에 피어나니

아~!
봄 길이 열리었구나
우리 함께 양팔 뻗치며 외치자

내일의 내 강산 사랑은
우리의 몫이라

낙엽(落葉)

간밤 비온 뒤
우수수 떨어진
바닥의 황갈색 자랑거리여

이 세상에 나서
나는 내 몫을 다 했다

연초록 신록으로
연인의 발걸음을 행복케 했고

짙푸른 단장으로
강산을 풍요롭게 일구었다.

어느 누가
내 이 몸 무지갯빛 이야기에
위로의 가을 노래 불러 주는가

찬바람은 이미 가지에 머물고
겨울 외투보다 두터운 내 마음은
따스히 대지를 감싸 안았다.

호수(湖水)의 첫눈

호수에
첫눈이 내린다

하얗게 수줍은
겨울나무 숲이
호수를 포근히 안아주고

설경에 취한
비-오리* 한 쌍이
밀회의 여운을 그려낸다

수채화 한 폭
아름다울 거닐음 길에
얽흐러진 마음 펴려
가만히 찾아드는
뽀드득 소리

*비-오리 : 오릿과의 새. 몸길이 66cm 가량. 원앙과 비슷하나 좀 더
  큼. 몸빛은 흰색인데 날개는 오색찬란한 자줏빛임. 항만이나 호수
  연못 등에서 살며 암수가 늘 함께 놂. 수계(水鷄), 자원앙(紫鴛鴦)이
  라고도 함.

여름 소묘(素描)

초가지붕 위 장대 빗소리
솜이불 접는 소리

마당엔 앞도랑 도랑 미꾸라지 기어오르고
흥건해진 황토물이 님 발목을 적시네

음메 외양간 어미 소 부름에
매애~ 하는 말간 송아지

여름비를 아는가
장구치고 꽹과리 두드리는 소리 나니
쑥욱 쑥욱 춤을 추는 앞산 저 들판 초목들이여

매미 소리

매달리는
간절한 손길

밉지 않은
사랑의 손으로
마주 잡고자

땅속
긴 십여 년
기다린 여름 사연

보름 안에
토해 내놓아야 할
야무진 생의 노래

맴~ 맴~ 맴~ 매 애~
맴~!

구름

계절은 어김없어
기다리는
내 창문을 두드리고

불어놓은 하얀 입김은
꿈속에서도
마냥 그어진다

높다랗게 뿌려진
하늘 바다
둥실거리는 너머 저 너머엔

얼마나 많이도 쌓인
풀꽃보다 더 어여쁜
그리움이 있을까

가을 들녘

간밤에 들리던 가을비 소리
새벽오니 상큼해진
높다란 하늘

무지개 풍년가(豊年歌)가
산허리에서 쏟아지니

칠색 매무새에
화답하는 황금 들녘
솔바람 솨아 소리에
흥겨워 춤을 추네

섬 소년의 꿈

가슴에 스치는 갯바람에
기다리는 그리움 마냥 태우고
남겨 놓은 사랑이 저리도 곱게
섬 마을 포구를 따라서 도네

어서어서 더 일거라
그리운 갯바람아
다시 다시 푸르거라
사랑하는 소년의 맘에

저~기 일렁여 맞닿은 수평선 하늘엔
퍼지는 바램이
뽀얀 구름에 얹힌 듯 포근하고
뒷짐 진 따사한 마음속 갯 노래엔
섬 꽃송이 송이가
육지를 바라보는 바램 꽃이 되었구나

쏴아~ 이는 파도 소리
흰 끝자락 넘실거림이여

높아질 소년의 꿈이 갈매기 나래 타고
오늘도 더 높이 하늘 끝을 채워가리

노들강변에 서서

노들 강은
노량진 사육신묘 스쳐 지나
휘돌아 나가고

여울져 흐르는 샛강 건너편
마포 나루엔
황포돛대도 흘렀다 하는데

지난날
흥겨워 띄워 논 님들의 가락은
한가람 포구
어디에서나 찾아보나

어풍대 청룡(御風臺 靑龍)
-일송 김병희 선생님을 찾아서-

179

홀연히 나와 보니
동해가 다가서네

일세를 풍미(豊靡)하던
곤룡(袞龍)의 자리런가

일갈음(一喝音)이
창천(蒼天)에 닿음이어

아직도 바닷가는
청룡(靑龍)이어라

지나가는 봄

지나간 봄들이
어드메쯤 떠나 있고
다가올 봄들이
또 몇 번씩 기다려 서 있나

훈풍은 실비에 젖어
사정없이 부서지고
계수(溪水)에 녹은 한은
삶의 무게 따라 흐르네

찰나의 우주 속에서
얻고 남기는 내 흔적을
뉘 있어 노래하고
무엇 취해 그려 보리

그리운 새 꿈속에
부푼 가슴 또 설레이네

느티나무 장주(莊主) 찾아

동구 밖 느티나무 길목엔
하얀 눈이 쌓여
텃새들 발자국만
옹기종기 그려져 있고

마중 나오시게
미리
연락해 드렸더라면
건너 둑 언저리
겨울 새소리
두 손잡고 함께 들었을 것을

연(然)이나
흰 눈 뽀드득 밟으며
호젓이 걸어 들어서

장주 석정님
깜짝 놀래켜 드림도
포근한 장원 찾아드는
또 다른 기쁨

7부

윤서(允瑞)의 세상보기

윤서(允瑞)의 세상보기

이것은 우주 생성에 비견할 이야기
하나의 생명이 태동하는 신비의 찰나

뿌리는 그렇게 시작되었다
사랑과 호기심의 대상이었고
그 누구도 범하지 못하는
강한 모성과 부성이 굳게 지키며
열 번이나 손꼽는 보름달이 환히도 비췄다

비로소 하늘에 울려 퍼지는
태초 음성의 고고함이여
너 드디어 여기에 있고
처음으로 내다보는 고요한 눈
'도대체 이곳이 어떤 곳인가…?'

아름다운 세계
부모님이 사시는 세상에 또 한자리 하며
가족들의 호칭이 새롭게 정해지고
웃음의 보따리가 좌악 펼쳐진다

기쁨과 서광이 가득한 햇불이 되고

샘솟는 지혜로 세상을 수(繡)놓으며
맑고 환한 미소로 이웃과 어깨동무 하는
그 영광 그 축복 안에서 네 삶을 펼쳐라

2004년 9월 26일 윤서의 백일 되는 날에…
할아버지가 씀.

유현(榴峴) 가현(佳峴)이의 백일 날에 부쳐

어느 한 여름
의암호 상류 서쪽 한 가운데서
기이한 일곱 가지 빛 두 줄기
고운 쌍무지개가 일었었다
하늘을 찌르는 삼악산 너머
더 웅대한 봉우리 치솟듯이

찬란한 자연의 언어 채색도가 열네 줄로 호반 위로
올라
목화송이 같이 둥실히 포근한 흰 구름 사이
파아란 창공에 어김없이 이었다

호수의 고을 춘천
송림의 봉의산 자락을 감싸고
옛 터전 새로이 넓힌 고풍스런 노오란 개나리 마을에
그 꿈같은 쌍무지개가 이제 되어 어느새 자리를 틀고
온유롭고 긴 구릉 석사 기슭 천지가 단풍인 계절에
힘차고 당당히 다시 올랐다

석류나무 잎 같이 부드럽고 반짝이는 의연한 매무새
가인 같은 슬기가 함께 걷는다

새 기쁨 새 세상 향해 활짝 웃음 꽃 되어
앞서거니 뒤서거니 손잡고 다가와 노래하니

만인 박장(拍掌) 함박 합창으로 피워 기리어 주네
동산 언덕에 내린 평화 사랑 그 축복의 삶 안에
너희들 이상을 향해 깊은 마음을 드높게 펼쳐라

2006년 2월 4일 쌍둥이 손녀 딸 유현, 가현이의 백일 날에
할아버지가 씀.

윤하(允荷)의 시어(詩語)

손녀 딸 윤하
첫 돌이 갓 지났을 때
어린이집 예쁘신 원장님 등에 업혀
어깨 너머로 이 눈치 저 눈치 보며 성장한 아이

원장님 지시대로 따르는 선생님들
업힌 처지에 원장님 따라 선생님 보고
이래라 저래라

한번 마음먹고 제안하면
그대로 따라주어야 속이 풀리는 고집쟁이
소신이 뚜렷한 귀염둥이
의정부 다원 어린이집 윤하에게
선생님들이 부쳐 준 별명은 부원장님

좀 실한 네 살 윤하가
어느 날 마루에 앉아서 방귀 뀌다가
깜짝 놀라서 벌떡 일어났다
그리곤 엄마에게 달려와 급하게 한다는 말

"엄마! 엄마! 나 뾰족한 방귀 뀌었어!"

방귀 소리에 놀라 일어난 줄 알았더니
가스가 항문 틈으로 비집고 되게 나오다
엉덩이 살을 세차게 흔들어 아팠나 보다

뾰족한 방귀…!

아침산책

버드나무 감싸이는 소양강 물안개 보며
나는 손녀딸 손잡고 아침 강둑을 걸었다

그 작은 네 살
쉴 새 없이 재잘 대는 꿈의 사연은
눈에 띄는 소양강변 이야기로 가득하다

가을꽃이 이어서 노래하는 길가에서
할아버지 목말 탄 손녀가 하늘을 가리키며
할아버지! 할아버지!
나 느 은~
하늘을 만져보고 싶어

둑 밑 호박꽃이 포근히 웃고
달맞이꽃이 노랗게 선 강둑 길 위에
잔잔한 수면 차고 파드득 나는 물오리 한 쌍
시원한 날갯짓이 손녀의 해맑은 꿈을 이루어준다

꿈

산사에
서설이 내리니
사해(四海)에 평화 오려나

파아란 창공에
풍경소리 오르니
애틋할 나의 님 기다림

열절한 마음이
구름 따라 날음이여

영원을 찬미하는
희열(喜悅)이더라

| 화곡(華谷) 김찬수(金燦洙) 시집(詩集) |

유월의 하늘을 쳐다보며

초판 인쇄 : 2010년 4월 1일
초판 발행 : 2010년 4월 5일
저   자 : 김찬수
발행자 : 김동구
발행처 : 명문당(1923. 10. 1 창립)
서울특별시 종로구 안국동 17~8
우체국 010579-01-000682
Tel (영) 733-3039, 734-4798
     (편) 733-4748 Fax 734-9209
Homepage : www.myungmundang.net
E-mail : mmdbook1@kornet.net
등록 1977. 11. 19. 제1~148호
• 낙장 및 파본은 교환해 드립니다.
• 불허복제
값 8,000원
ISBN 978-89-7270-941-1 03810